Cuentos colombianos
Antología

Edición y prólogo: Conrado Zuluaga

TITULO ORIGINAL:
CUENTOS COLOMBIANOS Antología

Del texto: «La muerte en la calle», José Félix Fuenmayor, 1967;
Alfonso Fuenmayor, 1967
«Espuma y nada más», Hernando Téllez, 1950;
El Ancora Editores, 1984
«Todos estábamos a la espera», Alvaro Cepeda Samudio,
1954; Teresa de Cepeda Samudio, 1972
«¿Por qué mató el zapatero?», Eduardo Caballero Calderón, 1959
«Al pie de la ciudad», Manuel Mejía Vallejo, 1955
«Estas frases de amor que se repiten tanto»,
Roberto Burgos Cantor, 1980
1989, Editorial Santillana, S.A.

De esta edición:

1995, Editorial Santillana, S.A.
Carrera 13 No. 63-39, Piso 12
Teléfono 248 2897
Santafé de Bogotá - Colombia

• Santillana de Ediciones S.A.
Rosendo Gutiérrez 393, esquina
Avenida 20 de Octubre Sopocachi, La Paz
• Santillana
Eloy Alfaro, 2277 y 6 de diciembre, Quito
• Santillana S.A.
Avda. San Felipe 731. Lima
• Editorial Santillana S.A.
 4a. Avda. No.15 Quinta Mariana, entre 5a. y 6a., transversal.
Urbanización Altamira, Caracas

I.S.B.N. 958-24-0060-9
Impreso en Colombia

Primera edición, octubre de 1989
Tercera reimpresión, febrero de 1995

Una editorial del grupo **Santillana** que edita en:
España • Argentina • Bolivia • Colombia • Costa Rica • Chile
México • EE. UU • Perú • Portugal • Puerto Rico • Venezuela

Diseño de la colección:
JOSÉ CRESPO, ROSA MARÍN, JESÚS SAENZ

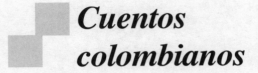

Cuentos colombianos

INDICE

INDICE

PROLOGO

En todo el mundo, las antologías han constituido una opción que siempre ha contado con grandes simpatías cuando se trata de mostrar, en pocas páginas, un panorama variado, una gama diversa de expresiones de una época o de un país. Lo más parecido a una antología es una exposición colectiva de artes plásticas. Allí, cada uno conserva su individualidad, sus rasgos distintivos, sus tonos personales, un manejo del color y del espacio peculiar, que hace de cada uno de ellos algo distinto, inconfundible. Pero, a un tiempo, muestra las características predominantes de una generación, una época o un país. Depende de qué se haya querido mostrar, depende de los criterios con los cuales se haya realizado la selección de pintores participantes en la muestra.

A semejanza de la exposición colectiva, la antología literaria también muestra los rasgos individuales de cada uno de los autores escogidos, su manejo particular del lenguaje, su tono de voz exclusivo, las preocupaciones fundamentales que lo acosan. Y como en el caso del espectador en la sala de exhibición, el lector tendrá al final del libro una idea bastante clara de quién es cada uno de ellos y qué muestran en su conjunto.

En esta ocasión se pretende, antes que nada, abrirle al lector las puertas al mundo de seis escritores, a seis mundos muy diversos, pero todos ellos colombianos, con el ánimo de iniciar a quien recorra este libro en unos autores representativos de nuestro quehacer literario y cultural.

José Félix Fuenmayor, *por ejemplo, jugó un papel definitivo en la formación de escritores como Cepeda Samudio y García Márquez y, gracias a su obra, irradió esa influencia a muchos otros, al mostrar, con una destreza envidiable, cómo el lenguaje posee la fuerza expresiva suficiente para decir cualquier cosa, llanamente.* Hernando Téllez, *por su parte, demostró que los sentimientos del escritor podían comprometerse, sin que esto significara dejarse arrastrar por el vértigo del panfleto político. A su vez,* Alvaro Cepeda Samudio, *con su voluntariosa sed de vivir y su afán permanente por renovar las formas del lenguaje —tanto en el periodismo como en la literatura— incorporó a nuestros haberes las modernas técnicas norteamericanas de presentación de noticias y narración de cuentos. A la par —era previsible que así fuera— introdujo una temática más ligada al sentir y las preocupaciones de un personaje de ciudad. Por una vertiente temática similar, aunque conservando los rasgos más determinantes de un manejo tradicional y excepcional del lenguaje,* Eduardo Caballero Calderón *recrea con rigor una situación y un personaje que se repite a diario en todas las ciudades colombianas. Así, permite que el lector descubra aspectos insospechados de la realidad circundante. En una perspectiva muy similar, aunque distintas en otros aspectos, es decir, con un manejo innovador de estructura y lenguaje,* Manuel Mejía Vallejo *aborda un fenómeno que desde hace más de medio siglo afronta la sociedad colombiana: las migraciones y las terribles secuelas de la violencia, en donde las víctimas propiciatorias son los niños. De este modo, Mejía Vallejo amplía en forma definitiva la perspectiva moderna y periférica en el, a veces limitado, ámbito literario nacional. Por último,* Roberto Burgos Cantor, *el más joven de los seis autores seleccionados, estructura un relato de ficción apoyado, conciente y explícitamente, en una serie de acontecimientos reales, hasta lograr un delicado y maravilloso equilibrio, como pocas veces se ha alcanzado en nuestro quehacer literario entre ficción y realidad.*

Los seis escritores incorporados a esta selección son seis autores de reconocida trayectoria y sus cuentos han sido difundidos ampliamente. Pero aquí la novedad no radica en el descubrimiento de un nuevo cuentista colombiano. En un país como el nuestro, en donde el cuento —como género literario— ha contado siempre con una gran acogida, seleccionar media docena de autores no es tarea fácil. Además, existen buenas antologías cuyo único inconveniente, al tiempo que virtud, es que son en varios volúmenes pues pretenden ser exhaustivas.

Debido a lo anterior, la presente antología debe entenderse, así fue concebida, como una iniciación, como un primer paso. Y aspira, eso sí, a motivar a sus lectores de manera que este primer paso sea tan sólo el comienzo de un largo trayecto lleno de sorpresas y satisfacciones, pues son muchas las posibilidades que ofrece a quien se adentre en ella aprovisionado con una buena dósis de sensibilidad, sentido estético, curiosidad y memoria; instrumentos indispensables que un buen lector debe llevar consigo cada vez que va a sumergirse en la lectura de un libro.

Conrado Zuluaga Osorio

La muerte en la calle

José Félix Fuenmayor

LA MUERTE EN LA CALLE

Hoy me ladró un perro. Fue hace poquito, cuatro o cinco o seis o siete cuadras abajo. No que me ladrara propiamente, ni me quería morder, eso no. Se me venía acercando, alargando el cuerpo pero listo a recogerlo, el hocico estirado como hacen ellos cuando están recelosos pero quieren oler. Después se paró, echó para atrás sin darse vuelta, se sentó a aullar y ya no me miraba a mí sino para arriba.

Ahora no sé por qué me he sentado aquí sobre este sardinel, en la noche, cuando iba camino de mi casa. Parece que no pudiera andar un paso más, y eso no puede ser; porque mis piernas, bien flacas las pobres, nunca se han cansado de caminar. Esto tengo que averiguarlo.

También por primera vez pienso que mi casa está lejos, y esta palabra me suena extraña. Lejos. ¿Será "lejos"? Sí. Es "lejos". Es que ya tenía olvidada la palabra.

Yo digo "casa" pero no es más que una cuevita a la salida de la ciudad, casi en el puro monte. Me gusta poner nombres así. A mis conocidos, a quienes pido los centavos que diariamente necesito, me les arrimo diciéndoles: Qué tal, caballerazo. Son pocos esos conocidos. Verdaderamente son mis amigos. Yo busco uno o dos de ellos cada día y voy dejando descansar de mí a los otros; y como sólo les pido muy de tiempo en tiempo no me huyen ni se me excusan. Cuando me encuentro alguno que no está en turno para el día, lo saludo "Qué tal, caballerazo" y sigo de largo con mi paso que siempre parece que llevo un poco de prisa. Si es alguno a quien le toca, le digo: "Qué tal, caballerazo. Echese ahí tres centavos, o cinco, o siete o diez". Con tres tengo para el café tinto. Si son cinco, hay para el pan. Si son siete, ahí está el azúcar, y entonces bajo mi mochila, saco mi jarrito y le echo el café; y saco mi botella de agua y echo, revuelvo con un dedo y así el café aumentado me alcanza para el pan. Y si son diez, añado una arepita de masa dulce. Tres es malo; cinco, regular, siete, bueno; y diez, completo. Con uno solo o con dos nada más, o sin uno o sin dos, no sé, porque nunca me ha pasado. Dios me favorece. Y también me dio el don del orden.

A veces es más de diez, porque cojo a un caballerazo en un momento así, y entonces puede haber para almuerzo y hasta para la comida. Pero eso de almuerzo y comida no me importa mucho. Mi mala costumbre, que no he podido quitármela, es el desayuno. Otra que sí me quité, era que toda la plata me la acababa inventando cosas; y eso noté que me perjudicaba la salud y me estorbaba para caminar. Entonces dejé la mala costumbre, y lo que me quedaba lo guardaba para el otro día. Pero aunque tuviera algo guardado yo no dejaba de hacer mi trabajo de caminar. Naturalmente, mientras me duraba el guardado y yo no pedía nada; y si entretanto me cruzaba con algún caballerazo a quien le tocaba, lo saludaba y seguía de largo porque su turno quedaba aplazado.

Una vez tuve un problema de mucha plata. Llegué por la nochecita a la casa de un caballerazo a quien le tocaba y lo encontré en la terraza, donde estaba en reunión con mujeres y todo. Le dije: "Caballerazo, échese ahí tres, o cinco, o siete, o diez". Entonces otro caballerazo que estaba allí sentado se levantó y se me puso al frente y me dijo que repitiera lo que había dicho.

Yo repetí. Me dijo que le explicara lo que yo quería decir con eso, y yo le expliqué, largo. Porque a mí me gusta hablar de las cosas mías y es de lo único de que hablo; porque en mis cosas veía siempre la mano de Dios. Cuando me encuentro a una persona que le pone interés a mis asuntos, hablo; pero es muy raro que la encuentre, como aquel caballerazo. Entonces me la paso callado. A mí me ven pasar, como mudo, y la gente pensará que a mí no me gusta hablar; pero no es así, es lo contrario, porque yo estoy siempre hablando, hablando conmigo mismo. Bueno: y aquel caballerazo me tendió delante de los ojos cinco pesos. Yo le veía el billetón en la mano. "Caballerazo, es de quinientos" le dije, para que se fijara, si era que se había equivocado. "Sí, tómalo" me dijo. Lo cogí, qué caray, y me despedí.

Esta es la voluntad de Dios, pensaba yo, caminando; él me dirá lo que me corresponda hacer. Dos días, o tres, o cuatro, o cinco, tardó en llegarme la iluminación. Y entonces, lo hice: envolví el billete en un papelito y lo amarré al fondo de la mochila. Ahí está, desde entonces; para que cuando yo me muera el que me recoja lo encuentre y sea suyo. Dios le guiará la mano para que dé con él, como premio de su buena acción.

Una cosa rara, que me haya sentado aquí, cuando yo sigo siempre en viaje liso.

Y acabo de fijarme que sólo he traído tres periódicos en vez de los cuatro que deben ser. Nada de esto me había sucedido nunca. Y viendo eso me quedo aquí sentado en lugar de devolverme a buscar el que me falta. Dios mío. Tú debes saber lo que me está pasando; me está pasando algo malo, pero Tú haces tu voluntad. Ahora tengo la preocupación de mi mala costumbre de abrir dos periódicos en el suelo y echarme encima dos también; porque sólo traje tres, y ahora no sé si convenga más dos arriba y uno abajo que dos abajo y uno arriba. Dios mío, líbrame de esta preocupación, porque me siento sin ganas de devolverme a buscar el que me falta.

Hace tiempo tenía yo una manta. Dios me hizo ese milagro, porque me condujo a pasar por una casa en el momento en que un hombre en la puerta decía, y yo lo oí: "Llévese eso y bótelo". Miré, y vi la manta. Y le dije al hombre: "Qué tal caballerazo; échesela acá si va a botarla"; y el hombre me la dio.

Aquel fue un buen tiempo. Comenzó cuando yo estaba ya cansado de pedir alojo, hoy aquí, mañana allá, porque no me lo daban más que una vez. Yo sólo pedía que me dejaran dormir en la cocina o bajo alguna enramadita, o en cualquier parte del patio; en cualquier parte que no fuera la calle, en un sardinel, como estoy ahora; porque yo tengo mis gustos y hay dos cosas que no paso: ni dormir en un sardinel, en la calle, ni pedir comida. Siempre me contestaban con mala cara, lo mismo cuando me decían sí que cuando me decían no. A veces tenía que rogar el favor en dos o tres o cuatro o cinco casas antes de conseguirlo. Y un día que pedí permiso para ir atrás en un patio por una necesidad, vi un hoyo en el suelo que quién sabe si lo habían hecho puercos o lo cavó algún perro. Lo medí con el ojo y lo encontré de mi largo y ancho, y bien seco estaba. Miré para la casa, y lo tapaba la cocina. Miré derecho para la calle, y había un portillo en la cerca. De una vez lo pensé. Y en seguida fui a hablar con la gente de aquella casa y expliqué mi asunto: que yo siempre llegaba a acostarme muy tarde cuando todos están durmiendo; y salía muy temprano, cuando nadie se había levantado; y allí estaba el portillo para entrar y salir sin que sintieran; y como no iba a molestar a nadie, que me dejaran dormir en el hoyo del patio que no se veía desde la casa porque lo tapaba la cocina: todo bien explicado. Aquella gente era buena y me lo permitió.

La primera noche, cuando me metí en el hoyo creí que el frío de la tierra no iba a dejarme pegar los ojos. Pero Dios me ayudó, porque después de un rato ya estuve en calorcito. Lo mismo siguió pasándome todas las noches.

Una noche, cuando menos lo pensaba, me cayó un aguacero; pero fue ya a la madrugada, casi cuando iba a levantarme, y me salí y me sequé con la brisa, caminando. Y mientras andaba se me presentó en la cabeza un pedazo de cerca con una lámina de zinc que quedaba a tres, cuatro, o cinco o seis o siete pasos del hoyo. Esa misma noche aflojé la lámina, la quité y la puse de tapa al hoyo; y por la mañana la volví a su sitio; y nadie se dio cuenta, y así seguí haciendo; y ya podía llover. Esa idea del zinc no me vino de Dios, porque El es bueno, y aquello de usar la lámina sin autorización era cosa que no debí hacer, cosa mala. La idea me vino de la lluvia, que no es buena ni mala; pero tapar el hoyo era bueno. Como fuera, Dios me lo perdonó; porque al otro día del zinc, me mandó la manta.

Aquel buen tiempo duró hasta que los muchachos me descubrieron. Yo digo que los perros son buenos y los muchachos son malos. Esto quiere decir que yo no he conocido muchacho bueno ni perro malo. Pero seguramente Dios ha hecho de todo.

A mí ningún perro me ha molestado. Y algunos me siguen, desean vivir conmigo, eso muy claro se los comprendo. Ellos no buscan ni comida sino mi compañía, porque

bien saben que yo no tengo comida porque
demás que pueden oler mi mochila. Viene
uno y me ve. Se estira, alzando la cabeza;
luego se afloja, se me va poniendo detrás
y continúa adelantando hasta que marcha
a mi lado acomodando su pasito brincado
al mío suave y largo. Así voy con él, vamos
juntos, mirándonos. El bate y bate más y
más su esperanza con la cola. Hasta que yo
le doy la última mirada y muevo la cabeza
pensando: no puedo vivir contigo caballerazo perro. Y él me entiende; y con pasito
más brincado y más triste, se aleja.

Qué pasaría hoy con aquel perro. Eso
tengo que averiguarlo.

Los muchachos con quienes yo me he
estado cruzando, son malos. Hablan sucio
y feo. Y se fijan en uno, y le tiran piedras
y le gritan apodos. Si es uno solo, yo sé que
se hace el que no me ve, pero me está pre-
parando y buscando ocasión. Si son dos, o
tres, o cuatro, o cinco mi peligro es mayor
porque entonces se descaran, juntos pier-
den el miedo y cada uno quiere ganarse en
maldad a los otros. A mí me parece que
cuando están así, también les sale rabo pero
no de perro bueno sino de Malino que se
los pone y por eso no puede vérselo el que
está con Dios.

Verdad que yo sé que con mi flacura
cada día se me ha ido saliendo el esqueleto

más y más para afuera, y esto es bueno de
ver para los muchachos que no están con
Dios. También les gustarán mis pantalones
rotos, tal como se han roto, porque yo no
los remiendo, remangados en mis canillitas,
sobre mis zapatos que yo los abro bastante
en la punta para que los dedos de mis pies
tomen aire y no críen mal olor. Y tal vez lo
que más les pica son mis patillitas que de
una vez crecieron y ahí me las he dejado y
no son más que unos pelitos ralos y largui-
tos, un poco monos, pero, eso sí, suaves
como de seda, y por eso estoy siempre pasándome la mano por la cara.

Todo eso lo sé yo. Pero me defiendo. Y
un modo es que no les huyo y si me gritan,
no es conmigo. Y tampoco les doy tiempo
ni lugar para que me pongan ningún apodo
que se me quede pegado, porque nunca me
ven achantado ni dando vueltas por esos
sitios que hay donde se amontona gente,
que unos vienen y van y se ve que están
como en ocupaciones y diligencias; y otros
parece que algún viento los hubiera tirado
allí para nada o que creo que están esperando que el mismo viento que allí los echó
les lleve algo, y no saben qué. Yo nunca
estoy por esos sitios. Yo camino en busca
de mis caballerazos; y después que los encuentro sigo caminando, caminando.

Otro modo de defenderme es que si un
muchacho viene o va por delante de mí o

lo siento que anda por detrás de mí, yo estoy arisco y vigilante para sacarle el cuerpo a la piedra. Si no fuera por eso, quién sabe cuántas veces ya me hubieran roto la cabeza de una pedrada.

Y lo que me hicieron los muchachos en mi hoyo de dormir, no es que yo no hubiera tomado precauciones. Es que no sé cómo me descubrieron los muchachos. Eso, no he podido averiguarlo. Pero una noche sentí puyitas por el cuerpo, y era cadillo que me echaron en el fondo del hoyo. Otra noche, seguido, me enronché porque me pusieron pringamosa. Y la última noche, seguido también, cuando abrí la manta me ensucié todo de porquería. Había tanta que comprendí que no era obra de un solo muchacho.

Me salí del hoyo y me limpié con tierra, bien restregado. Pensaba: Por qué habrán hecho esto conmigo. Pero Dios lo había permitido.

Está visto que las cosas maias que a uno le pasan, son buenas por otro lado que uno no llega a conocer sino después, cuando es su momento. Es lo que siempre sucede.

Y aquella noche me dije que no iba a dormir. Puse la lámina de zinc en su puesto de la cerca y salí por el portillo. La manta, la dejé; yo pude habérmela llevado y lavarla, pero se las dejé allí.

Caminé, caminé, como si fuera de día. Seguía derecho, no doblaba por ninguna esquina, sino derecho. Y después vi que ese era el camino. Ya estaba en las afueras cuando paré. Y allí mismo la vi: mi cuevita, la que desde ese momento iba a ser mi casa. Entré, agachándome. Daba media vuelta y hacía como sala y cuarto. De una vez me acosté. Y cuando ya no estaba despierto pero tampoco me había dormido, Dios me dio la idea de los periódicos, y yo ayudé, pensando: deben ser cuatro: dos en el suelo y dos como sábana.

Desde entonces estoy mejor, como nunca. En mi casa puede llover lo que quiera llover, y no me mojo, y sin tener que tapar nada con zinc. Y por allá no he visto a ningún muchacho.

Aquí llevo mis diez para mañana. Mi botella de agua está llena. Si mi mamá me ve desde la otra vida estará contenta de que a su hijo no le falte nada. Lo único ahora es el periódico; pero eso ya no importa porque he resuelto poner uno solo en el suelo y arroparme con dos, y ya se me acabó esa preocupación. También si mi tío lo supiera le gustaría conocer que, si no fui zapatero, busqué en cambio mi propio camino y en él no paso necesidades.

Una cosa que yo he debido averiguar es que nunca he sabido quién fue mi papá.

Pero como no me lo decían, pensé que era que no debía saberlo, y por eso no lo averigüé.

Mi mamá trabajaba mucho. Todo era lavar ella; ella coser, ella, planchar; ella. cocinar. No me dejaba que le ayudara. Me decía: tú no sabes de eso, anda a jugar. Y yo jugaba en el patio, que era chiquito, pero podía correr de una punta a otra y me gustaba clavar un palo en el suelo y saltar por encima. Y yo a veces no tenía ganas de jugar, pero jugaba para que mi mamá viera, porque a ella le gustaba mucho verme jugar.

Un día mi tío se fue a vivir con nosotros. Mi mamá me dijo: Este es tu tío. Era él muy ancho. Yo lo veía por detrás y me parecía que no tenía cabeza, o que su cabeza no era cabeza. Mi mamá nos ponía la mesa con mantel. Los dos no más nos sentábamos, porque ella iba y venía, seguía trabajando. Mi tío, cuando acababa su comida hacía pedacitos de bollo, los pasaba por el plato y se los comía. Le decía a mi madre que eso era para que le fuera más fácil lavar el plato. Haz tú lo mismo, me decía, y así ayudas a tu madre. Yo lo hacía, por obedecerle; pero no me gusta hacer eso.

Toda aquella comida la tengo olvidada, ya no es nada para mí. De lo que me acuerdo es de aquellas tajaditas de plátano maduro que mi mamá me dejaba coger cuando las estaba friendo. Después, cuando estaban sobre la mesa en un plato, ya no me gustaban tanto como cuando las comía cerquita a mi mamá, en la cocina.

Un día murió mi mamá. Yo comencé a llorar; pero mi tío me cogió por un brazo, me sacó al patio y señalándome un rincón me dijo: Siéntate ahí, y nada de llorar, porque los hombres no lloran.

Mi tío se hizo cargo de todo. Me dijo: Hay que venderlo todo: este es un deber que yo tengo que cumplir.

Y otro día, cerró la casa. Coge eso y vamos, me dijo. Yo alcé un saco grande, uno mediano y uno pequeño y seguí detrás de él. Llegamos a un buque. Me quitó los sacos y no me dejó subir. Te puedes caer, me dijo, espérame aquí. Tardó mucho y al fin volvió con un bultico en la mano. "Ya no tienes a tu madre ni a tu tío, me dijo; ahora vas a hacerte hombre y debes asegurar tu porvenir. Yo quiero que seas zapatero. Es un oficio honorable y produce mucho dinero. No se dirá que yo te abandoné a tu suerte, aunque eso es lo que Dios quiere, que cada cual busque su propio camino. Aquí te doy esto, con lo cual puedes empezar la zapatería". Me entregó el bultico y se volvió al buque.

Comenzaron a soltar los cabos; y yo, parado en la orilla, esperaba que mi tío se asomara para gritarle: Adiós, tío. El buque se abrió en el agua, respirando fuerte, y comenzó a irse. Se iba el buque, yo esperaba, pensaba que era mejor que mi tío no se asomara sino cuando fuera bien lejos, para que entonces lo alcanzara allá mi grito de adiós, porque me parecía que dar un grito desde la orilla hasta un buque muy distante, era como soltar un pájaro que sigue volando hasta después que uno ya no lo ve. Pero mi tío no se asomó.

Cuando recibí el bultico noté que era pesado. Anduve un buen rato con él sin desenvolverlo. Aunque no imaginaba lo que pudiera ser, no estaba curioso por saberlo. O tal vez sí sentía mucha curiosidad y por lo mismo demoraba en abrirlo. O era que sin darme cuenta, yo lo tenía sabido, porque mi tío me lo había dicho: lo que yo llevaba en la mano era mi zapatería.

Al fin me senté en un sardinel, como estoy ahora, y quité el papel y vi: era una horma de zapatero. Claro, tenía que ser una cosa de zapatería. Y lo mejor que se me ocurrió fue ir a buscar un zapatero. Seguramente era eso lo que mi tío había pensado que yo haría: que, con la horma, yo encontrara un zapatero que me hiciera socio de su zapatería.

Fui donde uno y le tendí el bultico, sin decir nada. El zapatero me miró a la cara.

Qué traes ahí, me dijo; y cogió el bultico y lo desenvolvió. Esta es una horma izquierda, dijo; dónde está la derecha. Yo no entendí y no supe qué contestar. El volvió a mirarme a la cara; y agarrando con una sola mano el papel suelto y la horma desenvuelta, los tiró al suelo y me dijo: Eso no sirve, y ahora vete. Yo me fui, rápido, sin atreverme a recoger el papel y la horma; y ya andando en la calle comprendí que mi tío se había equivocado y no se fijó; pero yo le agradecí su buena voluntad aunque se hubiera equivocado. Y cuando Dios permitió que eso pasara es porque no quería que yo fuera zapatero.

Entonces vi grandes las palabras que me había dicho mi tío: ahora no tienes ni a tu mamá ni a tu tío. Me puse a mirar por todas partes y vi que tampoco tenía ya ni mi mesa para comer ni mi patio para jugar. Yo pensaba: algo se puede encontrar en el mundo. Yo no conocía la gente ni las calles. Me miré yo mismo para adentro y pensé: yo no puedo quedarme con la gente porque cada una es de otra y yo perdí la mía, entonces, la parte que me queda del mundo son las calles; por las calles es por donde puedo buscar mi propio camino, que es lo que Dios quiere, como me dijo mi tío.

La manera como Dios lo conduce a uno yo la conocí: es con riendas. Lo mejor es no resabiarse y dejar uno que le apriete bien

justo el freno pues así va uno más seguro
porque siente los tironcitos por pequeños
que sean, que Dios le dé. Por eso yo sentí
el que me dio un día que yo me iba a ser
hombre de pala para coger arena; y en seguida dejé la pala. Otros me ha dado y también los he sentido. Pero cuando voy por
la calle, caminando, me deja suelto, porque
ese es mi camino y ahí no necesito tironcitos y entonces parece que ni freno llevara
puesto.

Hay un peligro, que yo lo tuve, y es el
misterio de la mujer. Yo me dije: eso tengo
que averiguarlo. Y me puse a fijarme en las
mujeres; pero el misterio no se me resolvía
con cualquier mujer en que me fijara. Un
día vi a una que estaba sentada y se me
pareció a mi mamá; pero se levantó y ya no
se parecía. Otra vez me iba delante una
mujer que en el bulto y en los movimientos
era como mi mamá; eso veía yo; pero
cuando me la pasé y le vi la cara, se fue el
parecido. Me sucedió también que yo iba
distraído y de pronto oí la voz de mi mamá:
alcé la cabeza y vi unas mujeres que iban
hablando, pero la voz de mi mamá no volvió.

Entonces, yo me puse a pensar que mi
mamá estaba como repartida en pedazos,
y también en pedacitos, entre otras mujeres. Esto me gustó al principio y yo las seguía disimuladamente y con el misterio

dándome vueltas en la cabeza y que a veces comenzaba a regárseme por todo el cuerpo.

Pero, después, me molestaba que una mujer pudiera ser en ninguna cosa como mi mamá. Y entonces ya no les hallé más parecidos. Primero pensaba yo: es que se los estoy negando, porque sí lo tienen. La verdad la vi, al fin, cuando comencé a sentir los tironcitos; esos parecidos no existían y era que el misterio de la mujer me los ponía como trampa. Y ya no quise averiguar más el misterio de la mujer.

Sí, Dios me ha favorecido. Con su protección y atendiendo a las riendas encontré mi propio camino en el mundo. Mi trabajo es caminar, y eso me gusta. El alimento lo consigo con solo decir: Qué tal, caballerazo. Ahora tengo mi casa. Dios me ha librado de toda inquietud.

Y El me ha sentado hoy aquí y no quiere que me levante y camine. Qué raro, aquel perro. ¿No habrá por ahí algún muchacho con una piedra en la mano? No. No hay nadie. No hay más que la calle. Pero la calle comienza a desaparecer, me va dejando. Y el sardinel donde estoy sentado se está alzando como una nube y me lleva en la soledad y el silencio. Ahora veo a mi mamá. Está de pie, a la puerta de la cocina, pero no me ha visto. La llamo: ¿Ya vas a freír las tajaditas de plátano, mamá?

Espuma y nada más

Hernando Téllez

ESPUMA Y NADA MAS

No saludó al entrar. Yo estaba repasando sobre una badana la mejor de mis navajas. Y cuando lo reconocí me puse a temblar. Pero él no se dio cuenta. Para disimular continué repasando la hoja. La probé luego contra la yema del dedo gordo y volví a mirarla, contra la luz. En ese instante se quitaba el cinturón ribeteado de balas de donde pendía la funda de la pistola. Lo colgó de uno de los clavos del ropero y encima colocó el kepis. Volvió completamente el cuerpo para hablarme y deshaciendo el nudo de la corbata, me dijo: "Hace un calor de todos los demonios. Aféiteme". Y se sentó en la silla. Le calculé cuatro días de barba. Los cuatro días de la última excursión en busca de los nuestros. El rostro aparecía quemado, curtido por el sol. Me puse a preparar minuciosamente el jabón. Corté unas rebanadas de la pasta, dejándolas caer en el recipiente, mezclé con un poco de agua tibia y con la brocha empecé a revolver. Pronto subió la espuma. "Los muchachos de la tropa deben tener tanta barba como yo". Seguí batiendo la espuma. "Pero nos fue bien, ¿sabe? Pescamos a los principales. Unos vienen muertos y otros todavía viven. Pero pronto estarán todos muertos". "¿Cuántos cogieron?", pregunté. "Catorce. Tuvimos que internarnos bastante para dar con ellos. Pero ya la están pagando. Y no se salvará ni uno, ni uno". Se echó para atrás en la silla al verme con la brocha en la mano, rebosante de espuma. Faltaba ponerle la sábana. Ciertamente yo estaba aturdido. Extraje del cajón una sábana y la anudé al cuello de mi cliente. El no cesaba de hablar. Suponía que yo era uno de los partidarios del orden. "El pueblo habrá escarmentado con lo del otro día", dijo. "Sí", repuse mientras concluía de hacer el nudo sobre la oscura nuca, olorosa a sudor. "¿Estuvo bueno, verdad?". "Muy bueno", contesté mientras regresaba a la brocha. El hombre cerró los ojos con un gesto de fatiga y esperó así la fresca caricia del jabón. Jamás lo había tenido tan cerca de mí. El día en que ordenó que el pueblo desfilara por el

patio de la Escuela para ver a los cuatro
rebeldes allí colgados, me crucé con él un
instante. Pero el espectáculo de los cuerpos
mutilados me impedía fijarme en el rostro
del hombre que lo dirigía todo y que ahora
iba a tomar en mis manos. No era un rostro
desagradable, ciertamente. Y la barba, en-
vejeciéndolo un poco, no le caía mal. Se
llamaba Torres. El capitán Torres. Un hombre con imaginación, porque ¿a quién se le
había ocurrido antes colgar a los rebeldes
desnudos y luego ensayar sobre determina-
dos sitios del cuerpo una mutilación a bala?
Empecé a extender la primera capa de jabón. El seguía con los ojos cerrados. "De
buena gana me iría a dormir un poco", dijo,
"pero esta tarde hay mucho que hacer". Re-
tiré la brocha y pregunté con aire falsamente
desinteresado: "¿Fusilamiento?". "Algo por
el estilo, pero más lento", respondió. "¿Todos?". "No. Unos cuantos apenas". Reanu-
dé, de nuevo, la tarea de enjabonarle la barba. Otra vez me temblaban las manos. El
hombre no podía darse cuenta de ello y esa
era mi ventaja. Pero yo hubiera querido que
él no viniera. Probablemente muchos de los
nuestros lo habrían visto entrar. Y el enemigo en la casa impone condiciones. Yo tendría que afeitar esa barba como cualquiera
otra, con cuidado, con esmero, como la de
un buen parroquiano, cuidando de que ni
por un solo poro fuese a brotar una gota de
sangre. Cuidando de que en los pequeños

remolinos no se desviara la hoja. Cuidando de que la piel quedara limpia, templada, pulida, y de que al pasar el dorso de mi mano por ella, sintiera la superficie sin un pelo. Sí. Yo era un revolucionario clandestino, pero era también un barbero de conciencia, orgulloso de la pulcritud en su oficio. Y esa barba de cuatro días se prestaba para una buena faena.

Tomé la navaja, levanté en ángulo oblicuo las dos cachas, dejé libre la hoja y empecé la tarea, de una de las patillas hacia abajo. La hoja respondía a la perfección. El pelo se presentaba indócil y duro, no muy crecido, pero compacto. La piel iba apareciendo poco a poco. Sonaba la hoja con su ruido característico, y sobre ella crecían los grumos de jabón mezclados con trocitos de pelo. Hice una pausa para limpiarla, tomé la badana de nuevo y me puse a asentar el acero, porque yo soy un barbero que hace bien sus cosas. El hombre que había mantenido los ojos cerrados, los abrió, sacó una de las manos por encima de la sábana, se palpó la zona del rostro que empezaba a quedar libre de jabón, y me dijo: "Venga usted a las seis, esta tarde, a la Escuela". "¿Lo mismo del otro día?", le pregunté horrorizado. "Puede que resulte mejor", respondió. "¿Qué piensa usted hacer?". "No sé todavía. Pero nos divertiremos". Otra vez se echó hacia atrás y cerró los ojos. Yo me acerqué con la navaja en alto. "¿Piensa castigarlos a todos?", aventuré tímidamente. "A todos". El jabón se secaba sobre la cara. Debía apresurarme. Por el espejo, miré hacia la calle. Lo mismo de siempre: la tienda de víveres y en ella dos o tres compradores. Luego miré el reloj: las dos y veinte de la tarde. La navaja seguía descendiendo. Ahora de la otra patilla hacia abajo. Una barba azul, cerrada. Debía dejársela crecer como algunos poetas o como algunos sacerdotes. Le quedaría bien. Muchos no lo reconocerían. Y mejor para él, pensé, mientras trataba de pulir suavemente todo el sector del cuello. Porque allí sí que debía manejar con habilidad la hoja, pues el pelo, aunque en agraz, se enredaba en pequeños remolinos. Una barba crespa. Los poros podían abrirse, diminutos, y soltar su perla de sangre. Un buen barbero como yo finca su orgullo en que eso no ocurra a ningún cliente. Y este era un cliente de calidad. ¿A cuántos de los nuestros había ordenado matar? ¿A cuántos de los nuestros había ordenado que los mutilaran?... Mejor no pensarlo. Torres no sabía que yo era su enemigo. No lo sabía él ni lo sabían los demás. Se trataba de un secreto entre muy pocos, precisamente para que yo pudiese informar a los revolucionarios de lo que Torres estaba haciendo en el pueblo y de lo que proyectaba hacer cada vez que emprendía una excursión para cazar revolucionarios. Iba a ser, pues, muy difícil explicar que yo lo tuve entre mis manos y lo dejé ir tranquilamente, vivo y afeitado.

La barba le había desaparecido casi completamente. Parecía más joven, con menos años de los que llevaba a cuestas cuando entró. Yo supongo que eso ocurre siempre con los hombres que entran y salen de las peluquerías. Bajo el golpe de mi navaja Torres rejuvenecía, sí, porque yo soy un buen barbero, el mejor de este pueblo, lo digo sin vanidad. Un poco más de jabón, aquí, bajo la barbilla, sobre la manzana, sobre esta gran vena. ¡Qué calor! Torres debe estar sudando como yo. Pero él no tiene miedo. Es un hombre sereno, que ni siquiera piensa en lo que ha de hacer esta tarde con los prisioneros. En cambio yo, con esta navaja entre las manos, puliendo y puliendo esta piel, evitando que brote sangre de estos poros, cuidando todo golpe, no puedo pensar serenamente. Maldita la hora en que vino, porque yo soy un revolucionario pero no soy un asesino. Y tan fácil como resultaría matarlo. Y lo merece. ¿Lo merece? ¡No, qué diablos! Nadie merece que los demás hagan el sacrificio de convertirse en asesinos. ¿Qué se gana con ello? Pues nada. Vienen otros y otros y los primeros matan a los segundos y éstos a los terceros y siguen y siguen hasta que todo es un mar de sangre. Yo podría cortar este cuello, así, ¡zas!, ¡zas!

No le daría tiempo de quejarse y como tiene los ojos cerrados no vería ni el brillo de la navaja ni el brillo de mis ojos. Pero estoy temblando como un verdadero asesino. De ese cuello brotaría un chorro de sangre sobre la sábana, sobre la silla, sobre mis manos, sobre el suelo. Tendría que cerrar la puerta. Y la sangre seguiría corriendo por el piso, tibia, imborrable, incontenible, hasta la calle, como un pequeño arroyo escarlata. Estoy seguro de que un golpe fuerte, una honda incisión, le evitaría todo dolor. No sufriría. ¿Y qué hacer con el cuerpo? ¿Dónde ocultarlo? Yo tendría que huir, dejar estas cosas, refugiarme lejos, bien lejos. Pero me perseguirían hasta dar conmigo. "El asesino del Capitán Torres. Lo degolló mientras le afeitaba la barba. Una cobardía". Y por otro lado: "El vengador de los nuestros. Un nombre para recordar (aquí mi nombre). Era el barbero del pueblo. Nadie sabía que él defendía nuestra causa…". ¿Y qué? ¿Asesino o héroe? Del filo de esta navaja depende mi destino. Puedo inclinar un poco más la mano, apoyar un poco más la hoja, y hundirla. La piel cederá como la seda, como el caucho, como la badana. No hay nada más tierno que la piel del hombre y la sangre siempre está ahí, lista a brotar. Una navaja como esta no traiciona. Es la mejor de mis navajas. Pero yo no quiero ser un asesino, no señor. Usted vino para que yo lo afeitara. Y yo cumplo honradamente con mi trabajo... No quiero mancharme de sangre. De espuma y nada más. Usted es un verdugo y yo no soy más que un barbero. Y cada cual en su puesto. Eso es. Cada cual en su puesto.

La barba había quedado limpia, pulida y templada. El hombre se incorporó para mirarse en el espejo. Se pasó las manos por la piel y la sintió fresca y nuevecita.

"Gracias", dijo. Se dirigió al ropero en busca del cinturón, de la pistola y del kepis. Yo debía estar muy pálido y sentía la camisa empapada. Torres concluyó de ajustar la hebilla, rectificó la posición de la pistola en la funda y luego de alisarse maquinalmente los cabellos, se puso el kepis. Del bolsillo del pantalón extrajo unas monedas para pagarme el importe del servicio. Y empezó a caminar hacia la puerta. En el umbral se detuvo un segundo y volviéndose me dijo:

"Me habían dicho que usted me mataría. Vine para comprobarlo. Pero matar no es fácil. Yo sé por qué se lo digo". Y siguió calle abajo.

Todos estábamos a la espera

Alvaro Cepeda Samudio

TODOS ESTABAMOS
A LA ESPERA

Ibamos llegando uno a uno y nos sentábamos en los altos bancos rojos a lo largo del bar. Nos quedábamos allí, en silencio, oyendo las canciones que alguien cantaba en los discos. Otras noches había boxeo. Entonces dejábamos de echar monedas en el tocadiscos y mirábamos la pelea. Pero no duraban mucho tiempo. Casi nunca llegaban al último round pues siempre alguien era tirado violentamente sobre la lona gris y un hombre con un corbatín le levantaba la mano al que se había quedado en pie y la pelea terminaba. Algunas veces apostábamos, pero después de un tiempo no quisimos ver más esto y dejamos de sintonizar

al Madison. Nadie dijo nada. Nos pusimos
de acuerdo sobre ello sin que nadie lo pro-
pusiera. Dejamos de ver el boxeo como ha-
cíamos todo: sin decirnos nada. Había otras
noches cuando no teníamos dinero y entonces entrábamos, nos acercábamos al tocadiscos y apretábamos un botón. La canción
sonaba un largo rato y luego nos íbamos
otra vez. Porque teníamos que ir todas las
noches pues no sabíamos cuándo llegaría
y no queríamos que llegara y no estuviéra-
mos nosotros allí. Pero el dueño se dio
cuenta. Supo que nosotros también estábamos a la espera y una noche, cuando pasábamos frente a él hacia el tocadiscos, nos
dijo: "Pueden tomar lo que quieran". Entonces nos acercamos al bar y comenzamos
a tomar como siempre. Desde esa noche ya
nunca dejamos de ir. Y aunque no tuviéramos dinero nos sentábamos en los altos
bancos rojos y pedíamos nuestros tragos.
Una noche llegó alguien a quien nunca habíamos visto. Como si conociera el lugar
desde mucho antes, como si él supiera de
nosotros. Tomó un banco y lo acercó al
nuestro. Luego dijo: "Voy a quedarme aquí.
Tiene que llegar a este bar". Nadie lo miró.
Pero nosotros sí. Tenía el pelo negro, una
pipa labrada y un saco grueso. No dijimos
nada y él puso sus billetes sobre el mostrador y comenzó a tomar lentamente. "Hace
tiempo que estoy esperando", dijo y golpeó
la pipa contra la palma de la mano abierta

y dura. "Me salí de la carretera con los catorce que me tocaban a mí. Caminé detrás de ellos hasta que encontré un pequeño claro de arena blanca. Entonces oí que ya él había terminado. Ya su ametralladora no sonaba. Estaban de espaldas. Yo comencé a llorar. Cuando él llegó su ametralladora volvió a sonar. Yo me dije que no quería oír más. Y ni siquiera oí cuando las balas se callaron. Seguramente me dijo que lo siguiera y yo lo seguí, pero ya no oí más". Nosotros no dijimos nada porque él siguió hablando y nosotros dejamos de oírlo de pronto. Era que habíamos comenzado a recordar. Y nos fuimos apartando poco a poco a medida que los recuerdos se alejaban. Llegamos a una estación. Había buses plateados y ventanillas numeradas en negro en el fondo del gran corredor. Allí habíamos comenzado, sentados en unas butacas tibias por el calor de los cuerpos que llenaban la estación, con las revistas y los periódicos desordenados a nuestro lado. No sabíamos si esperábamos o si nos esperaban. Allí habíamos comenzado. Pero antes era yo. Yo solo viajando sobre las carreteras de ladrillos rojos. Yo frente a la vendedora de revistas, comprando todas las revistas y todos los periódicos, no para leerlos sino para ofrecérselos a quien había de sentarse a mi lado en el doble asiento del viaje, y la voz de la muchacha preguntando a qué hora sale su bus y un negro le da la hora que yo conozco; porque he estado esperando toda la noche en esa estación. Y de pronto me quedo solo con la muchacha y las paredes se van alejando en cuatro direcciones y estamos allí solos, la muchacha y yo, y el negro, con los botones dorados de su chaqueta y su brillante escoba, se aleja empujado por la huida de las paredes mientras la muchacha de las revistas desaparece detrás de las carátulas multicolores que le hacen muecas. Yo le hablo a la muchacha que tiene un largo tiquete verde en las manos y mira sin entender los itinerarios con su complicada combinación de números. En la enorme soledad de la estación mi voz y la voz de la muchacha van llenando lentamente todos sus vacíos. Y después ya no hablamos más. La muchacha se duerme contra la madera lustrosa de los bancos y yo estoy velando su sueño derrotado. De pronto me dice sin abrir los ojos: "Tengo hambre". Y yo me levanto sin ruido y atravieso el frío ancho de la calle porque he visto en algún lado las vitrinas opacadas de un restaurante. En un tarro de cartón me dan café caliente para la muchacha. Yo le digo al griego que está detrás del mostrador: "Ella está ahí en la estación, no sé para dónde va pero ha esperado el bus toda la noche y tiene hambre". Y el griego me pregunta: "¿Por qué no te vas con ella?". Y yo le contesto que no lo había pensado, pero que quiero irme con ella. Me llena un tarro de cartón blanco y me lo entrega. "Llévaselo y antes de despertarla dile que te vas con ella". Yo lo hago así y la muchacha se toma lentamente el café mientras yo pienso en lo que me ha dicho el griego. Cuando llegan los buses nos levantamos y salimos a leer las letras blancas hasta hacerlas coincidir con los tiquetes. Yo me vuelvo al restaurante y le digo al griego que ella se ha ido. El me dice: "Tiene que volver". Yo atravieso todo el frío del mundo que se ha acumulado en la calle, recojo mis revistas y me meto en el último bus.

Y otra vez las estaciones repetidas a lo largo del cansancio que había comenzado hacía muchas semanas. Y por fin he llegado a esta estación y me he encontrado en este banco rodeado de periódicos y revistas. Cuando la voz vieja conocida que anuncia las llegadas y las salidas anunció el nombre que esperábamos, ya éramos nosotros. Y subimos a nuestro bus. Ahora estamos en este bar todavía a la espera. Nos rodea gente, cada uno con su espera. Estamos estrechamente unidos en que todos sabemos que estamos a la espera pero no nos conocemos, ni siquiera hablamos. Solamente "nosotros" hablamos de vez en cuando. Y ahora ha llegado este hombre y nos ha hablado, nos ha dicho cosas que no hemos preguntado. Secretamente sabemos que ha de seguir hablando y hablando, que mañana vendrá y hablará otra vez, y seguirá viniendo todas las noches. Vamos a tener miedo, miedo de que nos interrumpa a cada momento cuando nos ponemos a parar monedas de canto sobre la madera humedecida por nuestros vasos. Y de que pregunte cuándo nos ponemos a jugar con los círculos de agua que hay debajo de cada trago.

Yo sé que nos está mirando y espera que volvamos la cabeza hacia él para seguir hablando. Pero tenemos miedo y no queremos mirarlo, no podemos mirarlo porque tenemos los ojos redondeados sobre los vasos. No podemos oírlo pues alguien ha vuelto a meter monedas en el tocadiscos y hemos hecho tapones de música para nuestros oídos. Y para distraernos pensamos: —la foca azul tiene una pelota blanca y roja sobre la nariz— cómo se llamará la foca —tonto no ves que se llama Carstairs— no, ese no es el nombre de la foca —es el nombre del whisky— pero no es lo mismo —yo siempre quise ver las focas —vamos a verlas una tarde cuando haya verano— no, ya he perdido el interés y de propio no son tan reales como esta foca azul —aquellas también tendrán pelotas rojas pues yo las llevaré— llevaremos pelotas blancas y pelotas rojas, las más grandes y más blancas y más rojas que podamos conseguir —llevaremos pelotas para dárselas a las focas— sí tal vez podríamos ir un día cuando haya verano —y después iría-

mos a un cine, me gusta el cine– creo que
me gustaría ver una película que se llame
los rinocerontes hacen pompas de jabón en
la que esté Susan Peters que cuando yo era
pequeño se parecía a una muchacha que
llevaba sus libros amarrados con una correa
verde –hubo un tiempo cuando veía todas
las películas– cuando no se tienen sueños,
cuando no esperamos nada, tenemos que
meternos en las salas de cine y tomar los
sueños prestados de las películas –también
yo iba al cine todos los días a hacer míos
todos los sueños–. Dejamos de pensar y
nos pusimos a jugar otra vez con las monedas. Nos habíamos olvidado de nuestro
miedo. No supimos cuándo entró; estaba
mirándonos cuando alzamos la cabeza para
pedir los tragos. La vimos al mismo tiempo,
pero yo me quedé solo mirándola. Cuando
me levanté, todas las monedas que estaban
paradas de canto comenzaron a rodar. Yo
le dije: "He estado esperándote Madelei-
ne". Y luego: "Ahora vendrás todas las noches". Ella siguió mirándome y asintió.
Cuando salíamos oí su voz diciéndome: "Ya
no me necesitas más. Déjame ir ahora". Yo
le tomé la mano y se la apreté con fuerza.
Mientras cruzamos la calle veíamos a Made-
leine a través de la vitrina que había comenzado a esperar.

¿Por qué mató el zapatero?

Eduardo Caballero Calderón

¿POR QUE MATO EL ZAPATERO?

En los bajos de mi casa, con el zaguán de por medio, había dos tiendas de anchos portalones, chatos y aplastados. Miraban por sendos ventanucos hacia la calle. En la una vivía y trabajaba, pues allí mismo tenía montado su taller, Calixto el carpintero. Era este un hombre bajo de cuerpo, tosco, de facciones talladas a formón y sin pulimento de garlopa en la madera del rostro. Siempre tenía a la puerta de su tienda un cajón de muerto sin barnizar que apestaba a cola y nunca requirió a nadie, por lo cual era Calixto el carpintero un hombre silencioso y atormentado con la idea de la muerte. Amaba mucho su oficio y era una verdadera pasión la que sentía por la madera. Muy de mañana comenzaba a serruchar sus tablas, y una sonrisa le florecía entre la recia pelambre que le cubría medio rostro, cuando el canto del serrucho se adelgazaba, haciéndose más presuroso y más dulce, al llegar al final de la tabla. Luego se oía un golpe seco contra el piso, cuando caía el chazo de madera. Calixto sacaba entonces el tablón a la mitad de la calle, donde tenía más luz, para comprobar a ojo la rectitud del corte. A mediodía cerraba una batiente de la puerta, retiraba el tarro de cola del fogón cargado de viruta y ponía en su lugar a calentar una olleta de chocolate. En cortar tablas y cepillar madera se le fue media vida; y la otra media se le fue en clavar clavos. Pero es lo cierto que Calixto el carpintero llegó a conocer mejor que nadie los secretos del roble, el nogal, la caoba y el pino, y nadie gozó tanto y tan ardientemente como él de la naturaleza cuando a veces amanecía su taller oliendo a bosque, y una crujiente colcha de viruta, todavía húmeda de savia, brincaba alegremente del espinazo del cepillo.

Del otro lado del zaguán, en la otra tienda, tenía su taller Aquilino el zapatero. Se la pasaba todo el día, de sol a sol, sentado casi en cuclillas en una toturra de baqueta a la puerta de su tienda, con un zapato viejo sobre las rodillas, una docena de clavos entre los dientes y la hachuela en alto. Nunca, por lo demás, se quitaba el sombrero. Era el suyo un jipa de copa alta, ala recta y una delgada cinta negra que contorneaba la copa; solo que era tan delgada aquella cinta que más bien parecía un cordón de zapato. Mientras Aquilino remendaba unas medias-suelas, o enderezaba unos tacones, o daba una mano de pintura apestosa a las punteras, el aprendiz torcía el cáñamo y lo alisaba con un trozo de cera negra. Aun cuando en su tienda, que al mismo tiempo era su casa, oliera siempre a diablos –a cuero de becerro, a tintura, a zapato nuevo, a betún–, Aquilino vivía contento con la vida. Canturreando siempre la misma tonada caprichosa se iba calle abajo, cuando se apagaba la tarde y se encendía de luces la ciudad, a repartir la obra entre los vecinos del barrio. Se terciaba la ruana de cenefa de seda negra sobre un hombro, se arremangaba el mandil de badana, y con los zapatos remontados en una mano y el jipa en la otra, se presentaba donde los clientes.

–Aquí están las botas –decía–. ¡Y quedaron tan lindas! (Aquilino el artesano las miraba con la misma ternura con que Cellini, el artífice, contemplaba sus copas y sus cálices de oro). Hubo que ponerles suela y tacón porque eran unos simples chagualos. Mírelas ahora: ¡sí es que relumbran!

El vecino las cogía con dos dedos de la una mano, porque con los mismos de la otra tenía tapadas las narices, y las llevaba al patio para que las ventilara el sereno.

Tenía Aquilino la cara apelmazada, redonda y amarilla, como una mogolla. Los ojos negros y vivos se le perdían entre los gruesos párpados y las ojeras mofletudas, de hombre que padece de los riñones. Tenía el rostro lampiño. Apenas le chorreaba una sombra de bigote enteco a lado y lado de la boca, que era grande, de dientes desportillados y amarillos. De tanto estar sentado, cuando tenía que caminar se arrastraba con trabajo, pues las piernas se le habían convertido en dos gruesos bancos de zapatería; y de tanto trasegar con tinturas y betunes tenía los dedos ponchos cubiertos de una capa viscosa y negra, que uno contemplaba con recelo cuando los domingos salía de visita profesional por el barrio a ver a sus clientes, y era preciso estrecharle la mano.

–¿Cómo está la señora Ifigenia? –se le preguntaba–. El empezaba una larga historia, pues no pertenecía a la misma clase de hombres de que formaba parte Calixto el carpintero; es decir, no era de esos seres ensimismados, ásperos y hoscos, que viven entregados a sacarles viruta a sus propias ideas. Aquilino, por el contrario, se abría de par en par al recién venido, al extraño, al cliente que llevaba por primera vez a remendar unas suelas, al pobre que –antes de golpear en el portón de la casa de junto–

se asomaba a la tienda para preguntar por la señora Ifigenia y saber si los señores estaban adentro.

* * *

Sentado, pues, en su toturra de baqueta y a la puerta de su tienda, Aquilino el zapatero miraba pasar la vida por la calle en la mañanita luminosa. ¡Qué calle aquella, señor! ¡Qué calle, la mejor del mundo, era su calle! Empedrada con cantos rodados, negros, lisos y suaves por el uso, la partía por medio un arroyo que servía para que Aquilino tirara el tarro de sus desperdicios y Calixto, el carpintero, sacara los tablones recién pegados con cola para que se orearan al sol. Muy temprano bajaba la recua de mulas paramunas, cargadas de arena para lavar los pisos, tierra negra para las matas o carbón de palo. Mientras el arriero desenjalmaba las burras para distribuir su mercancía por el vecindario, Aquilino se ponía a contarle cosas.

–¿Y cómo sigue mi señora Ifigenia? –preguntaba acaso el de las burras.

–Mal, señor, la pobre va mal. Nunca faltan penas… –contestaba Aquilino–. Escupía luego en la palma de las manos y comenzaba a frotar la puntera del zapato que tenía en las rodillas, para sacarle brillo.

A las seis de la mañana se iban las burras y comenzaban a pasar por la calle los aguadores, con sus múcuras redondas a la espalda, que venían tapadas con un tapón de tusas y hojas de chisgua, para que el agua fuera más sabrosa y más fresca.

¿Cómo andan las cosas por arriba? –preguntaba Aquilino.

–El agua se está secando con los desmontes –decían los aguadores–. Se habla también de un acueducto nuevo y de que el gobierno quiere prohibir las múcuras para arruinar a los aguadores. ¿Ha oído algo, maestro Aquilino? ¡Maldito sea el gobierno!

¡Qué no oiría él, sentado a la puerta de su tienda y mirando pasar la vida por su calle!

Con un silbido, un juramento y un crujir de vértebras, el aguador se iba calle abajo con su múcura a cuestas, rebosante de bacilos en suspensión, según decía Aquilino que decía el gobierno, pero en realidad llena de una linfa clara y fría que borbotaba en un ojo del monte, entre un nido de helechos y retamas. Y venía la hora de las beatas y de las sirvientas que iban a misa, mientras que en la altura y a lo lejos cantaban las campanas de la iglesia del barrio.

–¡Que están dejando, maestro Aquilino! –le decían al pasar presurosas por delante de su tienda…–. ¿Y mi señora Ifigenia amaneció mejor?

—La pobre ya no puede ir a misa… ¡Uf! ¡Qué peste es esta gente descalza! ¡Pensar que todavía haya quien ande de alpargatas! —les decía a los aprendices que lo miraban sonriendo—; y puesto que tenía la pasión de las moralejas:

—Acuérdense de que el hombre es como un zapato… —agregaba meneando sentenciosamente la cabeza—. Uno y otro se tuercen, se deshorman, se les resquebraja el cuero, se les abren las costuras y se acaban lo mismo; casi todos terminan en chagualos y en el muladar, y son muy pocos, muy contados son los que resultan de buena clase y conservan toda la vida los tacones derechos.

Conocía, de haber lidiado tanto con ellos, el expresivo lenguaje de las suelas y de los tacones. Sabía, por ejemplo, que doña Paca de Tantos y Cuantos, la viuda rica del barrio, vivía de mal humor y resistida, por lo mismo, a aflojarles un centavo a sus yernos (que andaban ¡pobrecitos!, con tantos remiendos en las suelas…), porque tenía deshormado el empeine de las botas y un tacón comido de medio lado.

—¿Y qué hay con eso? —preguntaba la sirvienta de doña Paca, que iba por la remonta.

–Pues hay –decía Aquilino el zapatero–
que a la señora le siguen creciendo los jua-
netes.

Había gente orgullosa e hinchada de vanidad, que ni se dignaba contestar el saludo
del zapatero del barrio, y así pasaba ante
su puerta haciendo chirriar los zapatos o
taconeando con presunción en las baldosas.
En cambio, se deslizaba arrastrando las suelas, con mucha dulzura y mansedumbre, el
cura loco que vivía en la esquina con una
hermana solterona, la cual tenía unos zapatos de tacones rectos, inflexibles, sin claudi-
caciones, de persona austera. Los botines
del cura, disformes y arrugados, se amolda-
ban como un guante a los pies de su dueño.
Le pesaban menos que una buena obra y
eran humildes y fieles, como un buen cris-
tiano. A otra hora venían en tropel los niños
del barrio, calzados con unas pesadas botas
de cordobán –erizadas de parches, clavos,
carramplones y remaches– que el maestro
Aquilino les fabricó con una rigidez precon-
cebida, porque el hombre, según decía, debía crearse en la escuela de la mortificación
y el sacrificio.

Ya se ha dicho casi todo de la calle, salvo
de una pretenciosa construcción de ladrillos
que se venía levantando desde hacía varios
años y con la cual se inició la transformación
de todo el barrio. El maestro Aquilino fue
amigo de los obreros y capataces de la obra.

Desde los andamios muchos dialogaron con él, y a veces él les pedía una mano cuando tenía que descargar el bulto de cueros apestosos que le llegaba en un carro de resorte los finales de mes, para fabricar sus zapatos. Y había aprendido a conocer el alma de albañiles, maestros y arquitectos por sus cimientos, cuando los tenían, porque de no, abrigaba una profunda compasión por los aprendices, peones y oficiales descalzos.

—La vida es dura para la gente sin zapatos. No es porque yo sea zapatero; y el mejor zapatero de la calle (porque no hay otro, viejo lenguaraz, comentaba para sus adentros Calixto el carpintero, que lo andaba siempre fisgando); pero toda la gente debería andar calzada y ser esa la principal preocupación de los gobiernos—. Tal les decía a los aprendices y a su hijo, una criatura enteca que andaba trasegando con las hormas y las leznas, entregada a agujerear viejos cueros que Aquilino le abandonaba para que el niño fuera incubando la afición y el amor por la zapatería—. Día llegará en que todos —continuaba— anden siempre calzados; y entonces habrá trabajo para ustedes. La civilización, parecía decir, va de la mano de los zapateros, y los hombres solo se mueven arriados por su ambición de tener zapatos...

Y dale a martillar el cuero de las suelas.

64

* * *

Un biombo dividía la tienda de la tras-
tienda, donde quedaba la alcoba que también hacía las veces de cocina. Era un
biombo cuadrado y plegadizo que primiti-
vamente fue de una tela burda, pero andando los años se cubrió poco a poco de
estampas descoloridas, vitelas de santos, al-
manaques amarillentos, fotografías de pre-
sidentes mancillados por muchas genera-
ciones de moscas, más dos retratos reteñidos al carbón donde aparecían en el uno
Aquilino y en el otro su señora Ifigenia. El
con su ruana de lana negra, su jipa de copa
alta, y en lugar de corbata su pañuelo de
seda cruzado sobre el grueso tronco y anu-
dado en el pecho; y ella, la señora Ifigenia, con su moño griego, sus zarcillos falsos
y sus ojos lánguidos que tanto amara Aquilino, pero cuya languidez los llevaría a la
muerte. Detrás del biombo permaneció
acostada toda su vida la señora Ifigenia, con
sus grandes ojos, su piel transparente que
apenas le cubría los huesos, y su espíritu
que exhalaba suspiros y toses desde la mañana hasta la noche. ¡Era tan ligera, tan
bonita, tan suave con aquellos ojazos negros cuando la conoció Aquilino en el taller
del maestro Crisanto, donde fue aprendiz
de zapatero! ¡Sus pies eran tan menuditos
entre los zapatos! ¡Ay, dolor! Pero ahora,
en medio de esta felicidad de la vida que

se deslizaba lentamente por la calle, en la mañanita luminosa, a mi señora Ifigenia se la estaba llevando poco a poco la tisis.

(El cajón es para ella, había dicho Calixto el carpintero).

Aquilino entraba de vez en cuando a mostrarle a ella cómo iban los zapatos que estaba fabricando para la niña soltera de la casa nueva, y para comunicarle los chismes del barrio.

—Hoy el maestro Calixto no quiso saludarme. Hizo como que no me veía —decía el maestro Aquilino.

Y los dos —mi señora Ifigenia entre toses y resuellos, y él con su ancha sonrisa que se le regaba por el rostro amarillo— se pasaba las horas muertas de la tarde, cuando ya había cesado el trabajo en la tienda, en discutir sobre ese enigma de barba hirsuta que era Calixto el carpintero.

El hijo crecía y se adelgazaba año por año. Un día dejó de ir a la escuela para quedarse de aprendiz en la zapatería y comenzar a encerar la pita de los zapatos, que el maestro Aquilino tenía colgada del marco de la puerta. A los aprendices ya les apuntaba el bigote. La señora Ifigenia se consumía como una vela. Aquilino el zapatero seguía mirando pasar la vida sentado en su banquito, y la vida pasaba y repasaba lenta-

66

mente, por la calle empedrada, en la mañanita luminosa.

* * *

Pasaron los años y los años: esos años
de los cuentos que siembran de arruguitas
la piel lisa de las princesas y les riegan los
cabellos de un polvillo de plata; sólo que la
calle, en vez de declinar y envejecer como
los personajes de los cuentos, cada año aparecía más hermosa. En la esquina cayó demolido el viejo caserón de paredones enjalbegados, zaguán resonante, patio claustreado y sembrado de azaleas y geranios,
donde tomaba el sol la hermana solterona
del cura, a la sazón difunto. Desempedraron la calle, la allanaron y la pavimentaron
de asfalto que relucía en las noches de lluvia
con las luces del nuevo alumbrado municipal, muy flamante con sus postes pintados
de verde. La niña de la esquina se casó con
el yerno, ya viudo, de la señora de Tantos
y Cuantos que murió apoplética un jueves
santo en que le apretaron más que de ordinario los botines que le remontaba Aquilino
el zapatero. Largo, muy largo sería de contar cómo murieron los aguadores, asesinados por la higiene municipal; cómo desaparecieron los mendigos, encerrados en el asilo; cómo dejaron de transitar las recuas de

burras por mitad de la calle, y cómo ésta, con el rodar de los primeros automóviles, perdió poco a poco su encanto. Ya Calixto el carpintero no podía sacar el tarro de la cola al arroyo. El canto de su serrucho, más quejumbroso y más débil, ya no se oía en esa baraúnda de la calle, atestada de automóviles, aturdida por el ruido de los radios y apestosa al olor de la gasolina.

—Sólo los hombres envejecen; en cambio, la ciudad rejuvenece todos los días —decía Calixto el carpintero.

Aquilino, por su parte, ya no tenía dónde vaciar el balde de los desperdicios. Una ordenanza del alcalde le prohibió bajo multa sentarse a la puerta de su tienda, para no interrumpir el paso apresurado de la muchedumbre nueva e intrusa que ahora transitaba por su calle, en la mañanita luminosa del barrio. Los dedos, ponchos de por sí, se le hincharon más con el reumatismo, y ahora se veía forzado a tener siempre estirada una pierna, forrada en una bayeta roja, y, lo que es peor, descalza, porque aquello del riñón andaba de mal en peor todos los días. Aquilino el zapatero sentía que se estaba muriendo a pedazos, como suelen irse muriendo los chagualos y los viejos. Con los ojos cada vez más sumergidos entre las bolsas de carne fofa que coronaban sus mejillas, se quedaba embobado mirando hacia la casa de enfrente que él vio nacer, crecer y prosperar en tantos años. Como ya casi no tenía trabajo, le quedaba mucho tiempo libre para mirarla. Con un ademán lento y trabajoso sacaba de debajo de la vieja toturra de baqueta, de entre un montón de trastos y zapatos viejos, una botella de aguardiente, y empinaba el codo...

Sólo Dios sabe el trabajo que me cuesta hacer esta confesión, pero ya no puedo ocultar un momento más que Aquilino el zapatero se había vuelto borracho.

—Siempre fue un viejo vicioso —decía Calixto el carpintero, a quien la vejez le amargó por completo el espíritu—. Y era que ese suyo, hermético, clavado y remachado por un pesimismo de muchos años, nunca tuvo como escape la válvula de un vicio, excepción hecha del chocolate, que arruina el hígado, como el aguardiente, pero ni tiene gracia ni consuela.

Y se volvió un borracho Aquilino el zapatero, sencillamente porque no tuvo valor de matarse.

—Pero si eso es así: si es que me estoy matando —decía a quien quería oírlo en esos momentos en que estaba borracho como una cuba y levantaba el puño, que ni siquiera podía cerrar del todo, tan flojo le tenía el reumatismo, para amenazar la casa de ladrillos que él vio nacer en la acera de enfrente.

La cual era, pese al odio que le tenía
Aquilino el zapatero, una linda casa. Tras
de los ventanales del primer piso se veían
los estantes llenos de zapatos, y en una de
las vitrinas de la tienda se encontraba una
bella muchacha de madera, de grandes ojos
fijos e impasibles, que exhibía los pies calzados con unas zapatillas de baile. En las
ventanas del segundo piso, siempre abiertas, se alcanzaban a divisar desde la tienda
de Aquilino unas ruedas y correas de trans-
misión: porque aquello que se levantaba
allí, sobre la ruina humana de Aquilino el
zapatero, era la "Gran Fábrica de Zapatos
y Remontadora Eléctrica de la Moda Elegan-
te". La muchedumbre de hombres pálidos
y ojerosos que a las seis de la mañana se
apretujaban a las puertas del almacén (en
lugar de las beatas y las sirvientas que al
pasar para misa al lado del maestro Aquilino, le preguntaban cómo había pasado la
noche su señora Ifigenia) eran operarios de
la fábrica. Y de la fábrica eran las señoritas
bien calzadas, vestidas y pintadas –lo que
pensaría de ellas la señora Ifigenia, ¡vál-
game el cielo!– que en el interior del almacén
atendían al público que iba a comprar zapatos. Eran, ¡claro está!, otros tiempos, otras
hormas, otras modas, otros gustos, otros
cueros y otros zapatos, que él no podía com-
parar sin rabia y sin dolor con aquellos hon-
rados botines de punta chata y arreman-
gada con una gracia casi femenina, y que

él construyó una vez con sus propias manos.

—Diga, maestro Aquilino: ¿quién es el mejor zapatero del barrio? —le preguntaba Calixto el carpintero cuando lo veía así, doblegado por el dolor, con la pesada cabeza entre las manos, que el pobre ya ni le respondía.

—Y usted, ¡vamos a ver!, ¿logró vender su cajón de pino, maestro Calixto? —le preguntó alguien alguna vez.

—En él se la llevaron una mañana —dijo—. Murió de tos, de un viento que se le entró por la espalda...

—¡No, señor, no! —protestaba el maestro Aquilino, que levantaba siempre la cabeza al oír mentar a su señora Ifigenia—. A ella la asesinó esto...— Y señalaba la fábrica con su índice romo, tembloroso por el alcohol.

Ella tuvo la culpa de todo. ¿No se le fueron uno a uno los viejos clientes del barrio: la viuda apoplética, la niña casadera, los yernos pródigos, el cura loco y su hermana solterona, las sirvientas de la casa de junto, las beatas, los niños que ya no iban al colegio? ¿No se le escaparon, uno a uno, los aprendices (si bien es cierto que nunca tuvo más de dos), que ahora ni le volteaban a mirar cuando salían de la fábrica entre el tropel gris, triste y sucio de los obreros que se regaban por la calle? ¿No le insultaban diariamente los choferes y cargueros de los camiones que salían de la fábrica cargados de zapatos, o que volvían con su equipaje de cuero sin curtir? (¡Valientes zapatos —decía Aquilino el zapatero—: hechos a la carrera en el trajín de ruedas y poleas, y no amasados con el calor y la ternura de las manos!) ¿Y él no se estaba muriendo de hambre? ¿Y no le habían dejado todos por la fábrica? Y el hijo, señor, el hijo, no le había dicho un día:

—Ya estoy harto de remendar zapatos, viejo.

—¿Y adónde, entonces, te quieres ir?

—Me han contratado en la fábrica…

—Tú también… —Y no puedo decir nada. Se le atragantaron el dolor, el despecho y la cólera en el viejo garguero, escaldado ya por el aguardiente; y por segunda vez en la vida, pues la primera fue cuando enterró a su señora Ifigenia, Aquilino el zapatero se echó a llorar. Los recuerdos le brotaron del corazón, limpios y frescos, como el ojo de agua que los aguadores tuvieron que abandonar en su nido de helechos del monte, cuando el gobierno resolvió que aquello no era una mana sino un surtidor de bacterias y microbios. Pasaba y repasaba taconeando en las entretelas de su corazón la hija del maestro Crisanto, el zapatero. Tenía, que siempre los tuvo de esa manera, los ojos grandes y tristes no por la tisis sino por el amor, y sus pies eran dos joyas (¿qué otras podía haber más valiosas en el mundo para Aquilino el zapatero?) encerradas en los estuches de charol de los zapatos. Su desmantelado taller, descaecido y polvoriento, volvía a oler a cuero de becerro, a tintura, a zapato nuevo, a betún; y se oían otra vez, como siempre, al otro lado del zaguán, el dulce canto del serrucho del maestro Calixto y las escalas ingenuas que la niña soltera tendía desde su piano para alcanzar el cielo. El ardor con que en las mañanitas luminosas del barrio se daba a acariciar, más que a batir a golpes de hachuela el cuero de los zapatos; el amor desenfrenado y tierno, eterno y cotidiano, por la zapatería, le volvían a florecer en las viejas manos embadurnadas de tinta. Aquel sentirse dueño y señor de su acera y de su calle, de su señora Ifigenia y de ese vasto taller de chismes y de ensueños, que era su taller, se erguía otra vez en su alma.

–¡Pobre, pobrecito Aquilino el zapatero!

Vuelto un ovillo en su rincón, con el jipa calado hasta los ojos y recubierto como lo tenía ahora de una cinta de paño negro de un jeme de ancho –en señal de mucho pesar por la muerte de su señora Ifigenia– parecía la imagen del dolor del hombre pequeño, que es el más grande de los dolores humanos.

Por eso se decidió a matar una noche en que lo arrastró más que solía el demonio del aguardiente. Era una noche ventosa aquella, y la lluvia y el frío tenían relajada por completo la vigilancia de la policía que merodeaba siempre por los alrededores de la fábrica. Aquilino el zapatero, ahíto de esa amargura y ese alcohol barato que le circulaba por las arterias y ciego de ira, logró con mucho esfuerzo despegarse de su toturra de baqueta y arrastrarse dando tumbos hasta la vitrina del almacén de la fábrica. Detrás de los cristales le hacía guiños la señorita de madera que tenía los pies calzados con zapatillas de baile.

–¡Si es que parece burlarse de mí! ¡Si es que se ríe de mí la muy sinvergüenza! –iba diciendo en voz alta–. Ya sólo quedaba dentro de él todo lo ácido, lo amargo y lo triste que una vez durmieron en el alma buena de Aquilino el zapatero. Sentía que no podía ya más y que le faltaba el resuello, pero su señora Ifigenia lo alentaba desde su cielo cándido, por cuya ventana se asomaba a mirarlo con sus grandes ojos negros, su moño griego y sus zarcillos falsos.

–¡Ahora lo verás, maldita...! ¡Ahora lo verás! –iba gritando a medida que se acercaba a la vitrina, casi a rastras y dando tumbos, con los ojillos nublados por la cólera.

—Todavía un paso....— le decía su señora Ifigenia desde su cielo del biombo, encerrada en su marco de palos de chusque y sus ojos reteñidos por el carbón y la tuberculosis.

Al maestro Aquilino la cabeza le daba vueltas, y la pierna fajada en la bayeta roja le tiraba como si fuese de plomo; pero él seguía acercándose poco a poco, fascinado y atraído por el maleficio irresistible de la muchacha de madera que bamboleaba ante sus ojos el pie calzado con la zapatilla plateada. A otro, menos guapo, lo pusiera yo en ese mismo trance. No pudo más, porque, ¡qué iba a poder él ya con su tragedia! Levantó entonces la hachuela y la descargó con todo el cuerpo y el alma sobre la vitrina donde se hallaba, con sus ojos fijos e impasibles, la señorita de la zapatilla de baile. La vitrina saltó rota en mil pedazos. A lo lejos sonó el silbato de un agente de la policía, a quien había despertado el estrépito. Una ventana se abrió de golpe en el piso alto de la fábrica, en la casa nueva de ladrillos que Aquilino el zapatero vio nacer, crecer y prosperar frente a su tienda, y el grito de "¡Al ladrón!... ¡Al asesino!...", turbó el silencio de la noche.

* * *

–¡Era lo único que le quedaba por hacer a ese viejo borracho! –fue el solo comentario que hizo al otro día Calixto el carpintero cuando retiraba el tarro de la cola del fogón cargado de viruta para poner a calentar en su lugar la olleta del chocolate.

Al pie de la ciudad

Manuel Mejía Vallejo

AL PIE DE LA CIUDAD

¡T raé la cabra, muchacho! —se oye una voz que rueda hasta el cauce lleno. Y otra voz, ahora infantil, sube tropezando en los barrancos:

–¡Ya voy!

El niño soba con la palma de una mano los ijares del animal, cuyos ojos lamen con suavidad las cosas, largo rato. Su paso trepa los riscos, y la ubre unta de leche y vaho tibio las hierbas.

En un descanso de la loma se detiene la cabra para comer hojas de una rama. El niño aguarda que los belfos escojan retoños recién brotados que ella rumiará después mientras le ordeñan. Siempre fue así, más ahora, cuando el recental murió ahogado al arrastrarlo las aguas crecidas del invierno.

–"Estas lluvias nos favorecerán, cuando merme la corriente pescaremos la mercancía que arrastre".

Así dijo el padre días antes. El niño saldría con él a buscar baratijas entre las piedras de los desagües. En el fondo hallarían lo que una ciudad grande tiene para perder: monedas que caen a los transeúntes por los enrejados de las alcantarillas, anillos, o aretes, o prendedores que dejan ir por lavamanos y baños las señoras. En una ocasión él, mientras arreaba la cabra, encontró una piedra que dio de sonreír al padre. Desde entonces ejercieron con mayor empeño la profesión de pescadores de desperdicios. Por eso el hombre estuvo alegre con las lluvias torrenciales, y exclamó:

–"Cuando merme el aguaje encontraremos buena mercancía".

Pero el niño estuvo triste porque el raudal ahogó el cabrito, y ahora las ubres revientan de leche sin el espumoso afán de aquella trompa punteada. Por eso quiere más a la cabra y se siente un poco hijo de ella. A veces mascaba hierba y caminaba en cuatro patas y arrimaba el rostro a la ubre, deseoso de balar para decir al animal que se sentía en algo hijo de él, y así consolarlo por el recental muerto en los desagües crecidos.

Cuando la cabra termina de mascar las hojas vuelve su cabeza para mirar al niño. El niño acaricia la cabra bajo los ijares. La cabra permanece quieta, asequible su posición junto al niño. El niño se le arrima y le habla en lenguaje inventado por él, mitad voz, mitad balido. La cabra mira barranco abajo, hacia los desagües, con mirada que apacigua la loma. El niño recuesta su cabeza en los ijares: son tibios y se hinchan con la respiración. Una mejilla da a la ubre y salpica la leche al gotear de las tetas blandas. El niño sonríe al calor de esas entrañas, pero le escuece recordar el cabrito. Le gustaba verlo raboteando alegremente aferrado a los pezones henchidos. Y cuando su padre le dijo: –"El cabrito se ahogó en el río", llorando fue a buscar inútilmente el pequeño cadáver, como hacía cuando buscaba alguna joya, o monedas en el fondo del cauce y en los pedregales orilleros.

De los desagües para arriba quedan los barrancos. Y cauce arriba, tras los barrancos, está la ciudad. Para él, ciudad es edificios altos, mucha gente, muchos carros. A veces acompaña a su padre a vender el producto de su trabajo: un anillo, chispas de arete, eslabones de cadenitas de oro, medallas curtidas. Los compradores miraban recelosos y sin muchas preguntas, de mala gana, pagaban con qué obtener un par de pantalones, dos o tres libras de carne o arroz, unos kilos de fríjol y maíz.

–"Por aquí se van las monedas cuando la gente las pierde" –explicó su padre señalándole una reja de la alcantarilla. Sabía que al llover, el agua arrastraba por los caños tales objetos. Así, comprendió la alegría del hombre cuando dijo:

–"Estas lluvias nos traerán buena mercancía".

Pero también sintió ira dolorosa porque al aumentar el raudal esas lluvias habían ahogado al cabrito, y ahora la leche rociaba las malezas, y la ubre se veía sola sin aquella trompa punteada. Sin embargo, a su manera quería las aguas turbias que venían de tantos rincones de la ciudad y traían baratijas u objetos finos. El mismo ayudó a cavar zanjas cruzadas: así podían hurgar en el fondo y sacar lo que relucía. De esa larga brega dependían todos, no sólo su familia sino otras cuyos ranchos trepaban por los barrancos hasta mucho más abajo de la ciudad. Era un trabajo honrado y difícil. Otros robaban. A veces, cuando hundían sus pies en las aguas sucias, sentían vagamente que era desperdicios de la ciudad: de pronto salían al aire de las alcantarillas, rodaban botados a la inclemencia de los barrancos. Sin embargo la ciudad daba de comer. Pero el mundo del niño eran los matojales de la loma, los deslizaderos de tierra amarilla, y su cabra. Antes era el cabrito. Pero el cabrito desapareció en una de las zanjas que labrara con su padre en el desemboque de las aguas negras.

Nunca decían que trabajaban en eso. Algo los hacía callar. Unicamente lo comentaban en los barrancos, en la tierra de nadie. "El Río" lo llamaban. Si alguien decía: "Aguas Negras" guardaban un silencio enojado. Nunca mencionaban las rachas que traía el viento. Esa corriente era El Río, y de él vivían —pescadores a su manera—, y a sus orillas crecían matas fértiles. Allá arriba está la ciudad, acá abajo están ellos, y venden después, allá arriba, el producto de la búsqueda entre las aguas y las piedras ribereñas.

—¡Apúrate con la cabra, muchacho! —repite el padre desde la casucha, encima, a mitad de la falda.

—¡Vamos ya! —contesta despegando su rostro de los ijares. La cabra bala a los desagües con ternura, su cabeza extendida a la ausencia del crío. El niño dice: —"Se ahogó el cabrito allá, en las zanjas que yo y mi papá hicimos. Se lo llevaron las aguas, por eso estás sola, sin el crío" —y vuelve a acariciarle la ubre sintiéndose otra vez un poco recental con ganas de leche. Entonces arrima su boca y empieza a chupar. La cabra aparta los remos traseros para dar más libertad a la ubre y al niño. La leche fluye tibia y amorosa del pezón, resbala por las comisuras. Son amables los ijares que se hinchan con la respiración. Ella permanece inmóvil, otra vez madre de un pequeño aferrado a la ubre.

La voz se deja oír sobre el barranco, brava contra el mundo:

—¿Qué pasa, muchacho? ¿Traés la cabra o bajo yo?

Voy, papá, ¡ya vamos! —responde azuzando delicadamente a la cabra que reemprende el camino hacia el estrecho patio de la casa.

Así sucedió meses atrás. Porque un día la cabra apareció mascando yerbas en la loma. —"Mire lo que encontré en los desagües" —dijo el niño en ese entonces cuando llegó a la casucha empujando al animal. Pensaba que era un ternero barrigón, manso y extraño.

—"Es una cabra, la perderia su dueño" —dijo el hombre retejiendo un viejo canasto—; "en cualquier rato viene a llevársela, o ella misma regresará".

El niño giró su cabeza de la cabra al padre, del padre a la cabra.

–"Le pediré al Niño Dios una cabrita igual" –dijo. Sobó la planta de los pies contra el polvo, jaló el tirante en bandolera de su overol e insinuó otra posibilidad:

–"Mejor pediré al Niño Dios y a Papá Noel dos cabras pa el que la perdió, y así me quedo con ésta, ¿no te parece?".

–Era un trato justo. El padre nada quiso decir. Vio a su hijo abrazado al animal, que parecía a gusto con él, y tomando pala, azada y canastos se dirigió a los desagües.

Toda la tarde pasaron juntos cabra y niño. El niño miraba azorado los rodaderos de gente por si el dueño volvía. –"De noche no vendrá" se tranquilizaba, pero temía que el animal se perdiera en la oscuridad o regresara al sitio de donde vino.

Se rascaba la cabeza sentado en una piedra, hasta que se vació la noche, él mismo formó parte de la noche. Cuando volvió a la casucha, la madre estaba inquieta. Y el padre. El también, con aire de culpabilidad. Nadie dijo nada. Después el niño se revolvía en su rincón, bajo la colcha de retazos, sin conciliar el sueño. Algo le remordía. Al fin, ya muy entrada la noche preguntó:

–"¿Se embravaría Dios si yo amarrara un lacito a la pata de la cabra?".

–"No se embravaría Dios por eso".

−"¿Y si también amarrara la otra punta del lacito a una estaca?".

En medio de la oscuridad de su cuarto el padre imaginó a la cabra en la loma, imposibilitada para huir. Entonces sintió ganas de llorar. Sólo dijo, abiertos los ojos al techo:

−"Dios no se enojará, muchacho".

Aquella primera vez nada más dijo el niño, pero el contento no cupo en él y se le hizo necesario repartirlo. Así, congregó a los pequeños del barrio, los llevó a la cueva y dijo:

−"Esta es mi cabra. Se llama **Cabra**".

Fue el mejor nombre que pudo encontrarle, quedaba a la medida: era como llamar Agua al agua y Nube al cielo.

Todos, hasta los mayores, dijeron que nunca antes habían visto una cabra, pero que era la más hermosa cabra que habían visto. El estuvo orgulloso, aparentó dominio y tranquilidad.

−"Es un bonito animal" −remató su padre.

−"Bonito" −repitió en eco la voz de su madre enferma.

Y nunca averiguaron de dónde vino la cabra. Simplemente un día apareció mascando ramas en los barrancos y se quedó en la familia.

* * *

Arriba, contra el cielo, se destaca la figura del padre: alta, flaca, impresionante. El sombrero de paja mancha de sombra el rostro y la camisa remendada. El hombre —lo sabe el niño— ha estado huraño desde la víspera, cuando llegaron de la ciudad unos agentes. Alegó, protestó, rabió hasta medianoche. Después se juntaron muchas familias del barranco. Los niños jugaban ajenos a la preocupación de los mayores.

—No podemos defendernos —había dicho el padre.

—¡Diablos! —comentaron otros echando atrás los sombreros raídos—. ¡Maldita la ciudad!

—Es el último anuncio, dijeron los agentes, porque ayer vencía el plazo. Estos barrancos no tenían dueños, los ocupamos años atrás y a nadie hacemos daño con los ranchos, con la cabra. Las aguas negras nos pertenecen, de nadie era El Río.

Volverían los agentes a ejecutar la orden. La ciudad también era agentes, y papeles armados, y poderes ocultos que mandaban sin apelación.

Por los barrancos trepan exaltados otros barranqueños. El niño dice a uno señalando imprecisamente el raudal:

—Allá se ahogó el cabrito. Era mío y tenía orejas pardas.

El otro niño mira la oscura corriente. —"Todos nos ahogaremos" dice para sí y vuelve con los demás a planear la resistencia. O la fuga hacia otros vericuetos.

—Años atrás —monologa un viejo— yo tenía un pedazo de tierra sembrado con maíz y plátano. Tenía una vaca y un ternero y un mulo. —El rostro apacible se trueca en rostro golpeante—: maldita la hora en que abandoné la montaña, maldita la hora en que todos nacimos.

El niño se arrima al viejo y quiere hablar aunque nadie le oiga, minúsculo en el grupo de tantos amargados.

—Tenemos un pato y una gallina y luego con ellos cuando no estoy en los caños con mi papá. Yo quiero a los patos y a las gallinas. La gallina pone huevos cada dos días y el pato nada en el zanjón. A mí me gustan los huevos pero son pa mi mamá enferma. Mi papá dice que algún día se aliviará de las toses y le lleva más huevos de gallina. A veces también le lleva leche de vaca, y si puede hasta avena en tarros muy bonitos. Yo juego después con el tarro sin avena. El último tarro se lo llevó El Río. Yo estaba triste porque perdí mi tarro sin avena. El Río también se llevó el cabrito —y vuelve a señalar imprecisamente cauce abajo.

Otros hombres suben por los barrancos hasta la covacha. Las voces forman un raudal de ira negra.

—¡Nos echan, pues!

Una ruda solidaridad los aprieta. A veces, cuando se trataba de discutir qué caño tocaba a cada cual, qué desemboque de aguas debía explotar cada uno, llegaron a la riña violenta. Ahora quieren defender unidos su derecho contra la ciudad. Pronto llegarán los agentes, ellos estarán listos. ¿Para qué? En realidad lo ignoran, nada pueden contra esas fuerzas. Simplemente se apretujan con impotencia rabiosa en el patio, en los desfiladeros que dan al Río.

—¡Si tuviéramos armas! —dice alguno. El padre escucha, hosco. Ancho el sombrero desgualetado sobre la bronca faz de hombre llegado a un límite. Quieta la expresión cercana al embrutecimiento. Abiertas las manos que se pegan a las rodillas. Turbio vacío la mirada contra los barrancos. Alma retorcida hacia la muda imprecación.

—¿Armas? Nosotros ponemos siempre los muertos. Ellos ponen las balas.

–Allí vienen –dice alguien que acaba de juntárseles y señalando hacia unos callejones enmalezados, hacia las covachas que desafían los derrumbes. Se revuelven agresivamente nerviosos. El padre hablará a nombre de ellos. Aunque nada quede por hacer, se reprocharían si más tarde no pudieran decirse: –"Luchamos hasta lo último".

Enceniza sus rostros la expresión del esfuerzo fallido, les molesta que extraños vengan y se pregunten: –"¿Es posible tanta miseria? Viven como gusanos en el lodo". Algo de vergüenza se les enreda en su ira ante el inevitable despojo. Y apagan sus voces al asomar los agentes por uno de los deslizaderos que hacen de camino a la ciudad.

–"Cuando yo tenía mi pedazo de tierra, detrás de aquellas montañas…" –comienza el viejo, pero no termina. Nadie escucharía su recordación de greda querendona. Tampoco él desea hablar. Dijo algo para no callarse ante la proximidad de los agentes, cuyas voces se escuchan y cuyos gestos de incredulidad se tienden a los vericuetos. Frente a la silenciosa agresividad del grupo merman su paso y toman rostro de cumplir un deber, de atenerse a órdenes definitivas.

–Se nos viene encima –dice el padre, cerrando los puños y los caminos.

* * *

—¿A dónde llevamos la cabra?

—A la ciudad.

El hombre y el niño van, uno junto al otro, por las calles bulliciosas. En cada esquina se detiene el chico y pregunta señalando las rejas del alcantarillado:

—¿Por aquí también caen monedas, papá?

Nivela los pantalones que se le caen de un lado.

...Es mucho rodar hasta los desagües de los barrancos. Hasta El Río, allá abajo.

—Es mucho rodar.

La cabra estremece los pasos ante buses y motocicletas. No hay ramas en la ciudad, no hay barrancos para trepar sin peligro. Hay rejas para alcantarillados, hay monedas que se arrastran por las cañerías, hay eslabones de cadenas de oro, hay anillos y aretes que brillarán húmedamente abajo, entre el agua sucia de los barrancos. El niño admira las vitrinas con joyas y alhajas: no hay agua turbia entre ellas, brillan secas, brillan limpias sobre tapetes aterciopelados, en estuches cromados hasta lo increíble.

—Apurá muchacno.

Sus pies descalzos dan contra el pavimento, resbalan las pezuñas bifurcadas de la cabra. El padre jala la cuerda que la aprisiona.

—Por aquí, pues.

No le gusta la calle a la cabra.

Todos estamos en la calle.

El sol ha comenzado a arder. Relumbra en los vidrios altos de los ventanales, en las azoteas, en el metal de los automóviles. Cuando pasa un heladero, la sed del niño se le queda mirando.

—Comprá uno, muchacho —ofrece el padre y rebusca en los bolsillos una moneda. El niño sonríe parpadeante. Le gusta la ciudad. Le gustan los helados. Despapela el suyo y empieza a chuparlo como si se aferrara a la ubre de la cabra. También sabe a leche dulce, y el frío agrada a su lengua. En los barrancos no hay helados para su sed.

El padre se ha sentado en un escaño de la acera, una mano sobre el lomo de la cabra. El niño se acomoda junto a ellos. Con voz endulzada, lamiendo palabras y labios, pregunta:

—¿A dónde llevamos la cabra?

El hombre agacha la cabeza, aprieta la mano sobre el lomo.

—No vamos a tener dónde guardarla, nos echaron de los barrancos.

El niño lo sabe. Fue dura la escena. Estaba con su madre ordeñando la cabra cuando llegaron los agentes. –"Buenos días" –saludaron. Nadie respondió, sólo veían sus altas botas, sus armas, sus impermeables negros, su estatura. Luego se les enfrentó el padre. –"No pueden echarnos. ¿A dónde iríamos? No tenemos tierra, no tenemos ranchos, nada tenemos". Los agentes hablaron de epidemias, de moral, de higiene, de órdenes. Subían las voces, los rostros reaccionaron violentamente. Al empezar el gran silencio la madre y el niño dejaron la cabra a medio ordeñar, sintieron miedo cuando el padre se lanzó contra uno de los agentes que sacaba al patio los humildes bártulos de la covacha.

Ahora el niño se queda mirando a su padre, habla con infantil orgullo:

–Si no te quitan aquel agente, los habrías liquidado a todos.

Vuelve a saborear el frío azucarado. Se siente seguro junto a su padre. Su padre sería capaz de vencer al diablo en buena pelea, y, llegada la hora, de echar por otro cauce El Río. Pero ante un movimiento brusco de la cabra, vuelve a preguntar, sabedor de la respuesta:

–¿A dónde la llevamos, papá?

El hombre levanta la cabeza, una mano sobre el lomo de la cabra, otra sobre el cabello enmarañado de su hijo:

—A la carnicería, muchacho.

Lo sabía ya, pero la idea sin palabras le dejaba una esperanza remota.

—¿Hay barrancos en ella?

Todavía se resiste a la evidencia, quiere adornar la realidad con un resto de generosa duda.

—No. No hay barrancos en la carnicería.

El niño saca de su boca la punta del helado, se limpia con el brazo. La otra pregunta se silencia en la lengua azucarada. Aún no desea aceptar que lo pueden separar de su cabra, la quiere más desde que ella le dio la leche tibia de sus ubres. Le agrada recordar la blandura del pezón entre paladar y lengua. Le agrada pensar que puede volver al barranco y consolarla del cabrito ahogado en las zanjas que labrara con su padre. Le agrada sentirse un poco hijo de ella, y arrimar el rostro a la ubre henchida, y mamar entre las ramas verdes. Pero los echaron de los barrancos, y la cabra no estará más con ellos.

—¿Es un buen hombre el carnicero? —hace que se resigna bordeando un extremo del helado en el escaño de la acera. El padre

calla. Su hijo nunca comprendería total-
mente.

—Cuando estemos en otra parte, por allí
—con amplio gesto de brazo señala todos los
suburbios—, tendrás otra cabra y barrancones
pa que salte por ellos.

Sabe que nunca habrá otra cabra, ni riscos para ella y el hijo. Ignora dónde se aco-
modará después, ignora dónde se acomo-
darán todas las familias de los barrancos,
allá abajo, a donde ruedan los suburbios.
—"No pueden vivir en los barrancos, todos
serán echados de los barrancos" —volvieron
los agentes. Su mundo tendrá una cabra
menos, unas ramas menos, un cauce sucio
menos. La ciudad se expande a su costa,
nadie puede contra ella: la ciudad son hombres que lotifican y cubren cauces de aguas
negras y arrojan desperdicios en las afueras.
Habrá que buscarse otras covachas, apretu-
jarse con nuevas familias de algún extramu-
ro. La ciudad crece, la ciudad los arroja. No
habrá barrancos ni cabras para su hijo, no
habrá monedas ni aretes ni eslabones de
cadenas de oro. Habrá hambre, y ellos se
acostumbrarán.

—Mire, papá —reclama el niño—; así hacia
él antes de ahogarse —y frunce un ala de la
nariz y las comisuras labiales en remedo
cariñoso del cabrito. Luego, señalando con

brazo curvo el alto volar de los gallinazos más allá de las torres.

—Vienen de El Río.

—De El Río —habla sin gana el padre hacia el firmamento cruzado por el negror de las aves de rapiña. El niño sigue mirándolas y al recordar el cabrito muerto, su ira infantil adquiere plumas y vuela a las alas hasta alguna nube, arriba, hasta el azul más lejano. Pero la ira se endulza en el helado llevado a su lengua, se difuma en los ojos que se agrandan a los automóviles.

—¡Tantos aparatos, papá! —empieza a contarlos, renuncia—. En los barrancos no pueden andar carros ni bicicletas.

No pueden.

Se ahogarían. No lo dicen. Lo piensan con vaguedad. Nerviosa por el tránsito y el crepitar de vehículos, la cabra se hace retrechera, adherida al hombre. Su ubre se ha llenado de nuevo. El niño piensa en ramas verdes a mitad de la loma y en el pezón tibio y blando.

—Vamos, muchacho. ¡Vamos, cabra! —dice el padre abandonando el escaño. Dista la carnicería, arde el sol en las espaldas, en el cemento, en los metales.

—Vamos, cabra —trata de aquietar el brío estremecido del animal ante los enormes autobuses y el traqueteo de las motocicletas.

Se templa la cuerda que la dirige, se blanquean los nudillos en la mano del hombre. La otra mano aprieta un brazo del pequeño.

—¡Vamos, cabra! —azuza en mitad de la calle, indecisa las flexiones del cuello ante los vehículos que le chirrían dentro.

—¡Apártese, bruto! —grita el conductor de un camión rojo al compás de un seco ruido de llantas y frenos. Apenas tiene tiempo el hombre de salvar el niño. La cabra patalea bajo los hierros del parachoques.

—¡Demonios! ¿No sabe por dónde camina? —vuelve el conductor aventando su cabeza por la ventanilla.

—¡Vea, pues! —dice uno de los curiosos que ya rodean el sitio—. ¿Le tumba la cabra y todavía está reclamando?

En apurado silencio el hombre brega por sacar el animal. Un policía se arrima, sereno ante las argumentaciones chillonas del conductor. El niño ensancha sus ojos, detenida la respiración en el sollozo. Las bocinas de otros vehículos ensordecen la calle, el silbido de lustrabotas y vagos, el grito de voceadores de prensa, el pito de otros agentes.

—¡Retroceda! —ordena al del carro el policía, sus manos y las del padre en prensa sobre los músculos desmadejados del animal que echa un balido ensangrentado. Cuando se libera, es inútil su esfuerzo por andar. Los remos traseros se han zafado de la paleta.

—Le destrozaron el caderamen —dice alguien esgrimiendo en el ceño su conmiseración. Anota el policía el número de la patente y habla al gentío que se apretuja:

—Circulen. Nada ha pasado...

El pequeño se contorsiona por el dolor de la cabra, siente ganas de balar a lo alto. Algo grande ha muerto dentro de él, bajo el parachoques. No quiere la ciudad. A los barrancos no van camiones ni motocicletas. Allá hay pájaros sobre las ramas, hay lomas empinadas por donde subía la cabra, hay nidos y pichones y grillos verdes y árboles.

—Nada ha pasado. Circulen —repite el policía a los transeúntes en corrillo. El padre lo mira con resignado asombro, levanta la cabra y con ella en brazos se abre camino por los desagües secos de la calle, tras de él su hijo y la mirada de los curiosos.

—Ya no podrá subir los barrancos —solloza la voz del niño.

—En la carnicería la curarán —responde la voz amarga del hombre—. Vamos, muchacho.

Con miedo arrastran sus sombras ciudad adentro.

Guatemala, julio de 1955

Estas frases de amor que se repiten tanto

Roberto Burgos Cantor

ESTAS FRASES DE AMOR
QUE SE REPITEN TANTO

1

Sucedía ese amanecer húmedo. El salitre venía con el aire y se quedaba enredado en los cabellos, en la piel cada vez que se escurría la sábana. También estaba en la silla al lado de la cama con la lámpara, unos libros y un paquete comenzado de cigarrillos. Era uno de los amaneceres más húmedos del mundo. Y el salitre. Lo sentíamos en el piso de baldosas contra los pies descalzos cuando nos levantamos en la oscuridad para buscar el baño del patio. Primero me levanté yo y susurraste que a dónde iba. Después tú, y sucedió lo mismo para darnos cuenta que estábamos despiertos, sin podernos dormir. Parecía la misma sensación de las veces que veníamos del mar y sin sacarnos el agua salada y la arena nos acostábamos desde la tarde.

Toda la noche sentimos los camiones y los perros, los grupos de soldados dando alto y haciendo requisas, los detectives escondidos en la oscuridad silbando para avisar algo, con carreritas de un lado a otro.

Ese amanecer húmedo lo encontraron. Debían ser las seis de la mañana cuando encendiste el radio, aceptando que ya no volveríamos a dormirnos y veíamos la luz por entre las rendijas de la pared de madera. Yo, de espaldas a ti, acostado sobre el lado del corazón, mantenía los ojos cerrados, sin querer abrirlos, sin darme vuelta para abrazarte y saberte allí, preservada. Hacía memoria de los días en que jugando a elegir habíamos venido a vivir en este barrio y cómo escogiste el sitio, una accesoria, así dicen aquí, casa de muchos cuartos pintada de rosado en la pared del frente y con una escalera de piedra para llegar de la calle a la puerta de entrada. En esa altura un aviso con pintura azul: *"Aracely 1era. Reina del Universo"*, que aún, descolorido, permanece. Lo demás era previsible: el cuarto que da al patio, cincuenta pesos la mensualidad, nada de ruido jovencitos.

2

José Raquel es negro. Tiene la frente ancha y las manos cortas. Es bracero del muelle de la machina. Cuando termina el descargue se va hasta el casino, busca detrás del mostrador y saca un saxofón. Se sienta siempre en el mismo rincón. Si es de noche interpreta blues que nadie conoce y bebe ron. Si es de día deja escuchar aires de moda y bebe cerveza helada. Nunca le cobran el consumo. A veces los oficiales de los barcos que descargan se quedan en la puerta del casino escuchando y le proponen que se enrole en la tripulación. El apenas sonríe y no responde nada.

Cargar y descargar los barcos: llenar las bodegas con los bultos y cajas. Cubrir la mercancía que no cabe con lonas para que no la dañe el sol y la humedad. Tener cuidado de no pisar las ratas gordas corriendo en la oscuridad de la bodega. A veces jugar dominó a la sombra mientras los remolcadores atracan el barco.

3

Era ese amanecer húmedo. Sin querer abrir los ojos hacía cuentas del tiempo que juntos llevábamos aquí. Las reflexiones que repetidas hoy nos ruborizan por sentirlas ingenuas, copiadas de un gesto ajeno.

Comenzó como un sentimiento compartido que fue invadiendo la relación. Una forma del hastío que por ser aceptada por ambos nos unía, agarrándonos el uno del otro. Siempre pensaste en irte, y por creer en mis historias de infancia, relatadas con pasión al comienzo de la segunda mitad de la noche, insistías en que el sitio debía ser la ciudad de la cual yo venía. Me cansé hasta la burla de volverte a decir aquellos versos del griego. Dijiste: iré a otra tierra, iré a otro mar; buscaré una ciudad mejor que ésta; son un fracaso todos mis esfuerzos, y está mi corazón sin vida. Pero resultabas de mal humor, enfurruñada, gritándome que yo aún no conocía la poesía del porvenir. No sé en qué momento entendí que tú tenías la verdad. Tampoco qué elementos fueron conspirando para esa conclusión. Ahora, con los ojos cerrados, escuchando de pronto el radio que has encendido, sé con exactitud cuándo te hablé de Víctor, el compañero de estudios que se la pasaba escuchando canciones de los Beatles y que leía a Sábato y a Durrel. Sé la noche en que te busqué despalabrado y a lo mejor también triste para contarte que se había matado. Te decía lenta y minuciosamente cómo se volvió a la ciudad que tú querías y no conocías. Te decía cómo compró su galón de gasolina y lo llevó hasta esas ruinas a las cuales hemos ido mil y mil veces y se roció con ella y se acercó un fósforo hasta que los gritos fueron ceniza. Sé con exactitud lo que sucedía esa noche en que te buscaba para no hallarte. Sé el silencio. No sé la aventura de Víctor. En esos días llegó la carta del periódico aceptándome de redactor y estuviste alegre cuando yo dije que al diablo la universidad y que te vinieras conmigo.

4

José Raquel es negro. Tiene los labios gruesos y los pómulos salientes. Es amigo de todos y los invita a su casa a jugar dominó y oír las canciones. Cuando hay problemas con los turnos o con la paga él siempre habla con el capataz y arregla el asunto. Es un burro para el trabajo y si hay que reemplazar a alguien allí está. Los que laboran en el muelle de la machina desde los celadores hasta los administradores lo quieren mucho. Si un barco vuelve a atracar después de varios meses, lo primero que hacen los oficiales es preguntar por él. Algunos le traen cuadernos de música y ron de las Antillas.

Cargar y descargar los barcos: una noche él habló de que debíamos unirnos para pedir aumento de jornal, que era el momento porque en otros sitios los trabajadores del río Magdalena luchaban por ello y así les enseñábamos a los capataces que no se hicieran los locos que sin nosotros a los barcos se los comería la cucaracha.

5

Ese amanecer húmedo: sentía del otro lado de los ojos la claridad y el aire impregnado de salitre. Caía en la tentación inútil de conjeturar si de pronto me había equivocado. Si tú por tu lado te habías equivocado. Si la ilusión de la compañía, la negación de la soledad, nos abandonaba con un deterioro irreparable. Volvía a pensar cómo me hacía ilusión cuando fui a la universidad a terminar la licenciatura en historia y venir aquí a enseñar en la escuela. Pero entiendo que no fue mentirosa la decisión, que era lo único dentro de ese margen borroneado y estrecho que pensábamos la libertad de elegir, elegir la libertad. Y de improviso una trampa, una concesión innecesaria. Yo abandonaba la licenciatura y tú ese grupo experimental de teatro en el que trabajabas con una decisión ejemplar e indiscutible. Allí te vi. Tenías el rostro cubierto de polvos de arroz y en una escena dramática entrabas a un galpón de presos para torturarlos. Llevabas unos dientes de cáscara de yuca más grandes y fieros que tus ojos que al recitar el parlamento se cayeron. Nadie dijo nada y las luces se apagaron. No pude aguantar la risa que se me vino como una tos sin control y desarreglada. Al final estaba lloviendo y mientras escampaba me tomé un café y tú viniste a hablar de la obra y nos descubrimos. Tú la de los dientes flojos. Yo el de la risa. Y la risa otra vez al buscar el sentido de esa reiteración literaria que consiste en que si uno se conoce mientras llueve termina enamorándose. Entonces te decía que cómo harían los que se enamoraban de su mujer en los almacenes de telas y en los mercados y en los buses. Y así nos vinimos a este barrio, seguros de haber hallado ese oculto mecanismo por el que la realización del destino de cada uno transforma el destino de los demás.

6

José Raquel es negro. Tiene el cabello ensortijado y las orejas pequeñas. El reunió a los cargadores y operadores de elevadores y grúas delante de la oficina del capataz y dijo las peticiones que habíamos acordado.

Durante una semana las repitió y siguió soplando el saxofón en los descansos. Lo llamaron una vez a la oficina del capataz y le dijeron que cuál era el desorden. Respondió que el jornal no alcanzaba para nada. Al siguiente turno el muelle de la machina estaba lleno de policías. Cuando los trabajadores firmaron la planilla para iniciar el descargue de un barco alemán, él se sentó a pleno sol en la dársena y los demás a su alrededor. Dijo que si la policía estaba allí que la policía descargara los barcos que nadie era ladrón para que lo estuviesen vigilando. A las cuatro de la tarde la policía formó y se fue encima de los trabajadores empujando y dando patadas para que despejaran. A él lo cargaron entre tres y se lo llevaron.

7

Amanecer húmedo: en el radio repetían la noticia. Lo habían encontrado. Tu rostro se acercó a mi espalda y estaban tus labios como una ola pequeña envolviéndome. Otra vez ese empezar, la imagen de dos cogidos de la mano inventando un mundo y que siempre se rompen el corazón.

No le habíamos contado a nadie la decisión y al llegar parecíamos un par de extran-

jeros estrenando tierra. Yo adhería a tu alegría y quería encontrar en todo signos ocultos de la buena fortuna. De esa fortuna que
cuando abandona al afecto lo vuelve una
repetición, usada y triste y sucia. El trabajo
en el periódico a pesar de lo rudimentario
era grato. Y de vez en vez una crónica acep-
table como aquella de la muerte del mecá-
nico en la calle que está detrás de la accesoria, o el reportaje con los guerrilleros que
se tomaron a San Pablo, o la entrevista con
una de las reinas populares. Y mantener la
columna de comentarios de libros y la pá-
gina semanal sobre artes cuando lo permitía
el espacio. Al poco tiempo de vivir en este
cuarto conocíamos a casi todo el barrio. Seguramente por la dueña de la accesoria que
hablaba de nosotros en la tienda y te pedía
me dijeses que publicara algo sobre las calles sin pavimentar y la falta de alumbrado.

En esta época gozábamos lo que aceptá-
bamos como una manera radical de vivir y
una alegría permanente estaba en todo, aun
lo más arduo que en esos días era dado por
tu militancia, la que respetaba y de la cual
era mejor no hablar para no sentirse abru-
mado por la distancia existente entre los
resultados del trabajo y lo absoluto de la
propuesta que compartíamos.

Los domingos –mierda, te veo y me veo
perdidos en la transparencia de un aire lejano, como si una nostalgia inexplicable sa-

liendo de dentro se burlase de mis ojos cerrados y me hiciera sentir en este amanecer
que nada vuelve, que ningún gesto se fija
—la pasábamos en el mar hasta la noche que
el agua comenzaba a enfriarse, en la playa
en forma de arco, debajo de los árboles de
manzanillo con su aroma espeso y nos un-
tábamos el cuerpo de aceite de coco.

8

José Raquel es negro. Tiene la piel esca-
mosa y los ojos color café. Estuvo durante
dos días y dos noches encerrado en un ca-
labozo de la cárcel de San Diego. Durante
dos días y dos noches los trabajadores del
muelle de la machina esperaron aglomera-
dos frente al portón de hierro oxidado de
la cárcel, en la plaza con los árboles de
guinda en que los guardianes izaban la ban-
dera. Escucharon en la noche el pito de los
barcos atracando. Sintieron en la madrugada los labios salados por el rocío de la
noche. Se estremecieron con los gritos de
los sueños de los presos. Y en la tercera
mañana del encierro cuando alguien preguntó si no percibían el olor a perro muerto
se abrió el portón de hierro y salió él entre
los gritos y el asombro con los ojos hundi-
dos de la falta de descanso y lo llevaron

cargado por todas las calles hasta volver al muelle. En el muelle buscó el saxofón y sin sentarse, caminando de un lado al otro, entre los trabajadores que se recostaron a las paredes de las bodegas, a los bultos, a las grúas y elevadores, sin importarle el sol que caía sobre el instrumento y sobre él disolviéndolos, inventó una canción más larga que el silbato de vapor de los barcos anunciando un nuevo año en altamar, con silencios más profundos que los escuchados por los marinos cuando la tormenta amaina y suspende un instante el universo para tomar fuerza y volver. Nadie recordó el ritmo. Algunos hablan de él caminando con el saxofón bajo el sol y rompiéndose los labios.

Después dijo que la lucha continuaba y fue contando lo que ganaban y las condiciones de trabajo de los muelleros de otras partes del mundo que se las habían dicho los marineros de los barcos mercantes y mostró cómo estábamos peor que los trabajadores de Puerto Príncipe, en Haití, que no les pagaban nada.

Cuando todos tomaban cerveza, la gerencia mandó llamarlo.

9

Amanecer: rememorando. En el radio dice que lo encontraron en una enorme

bolsa de plástico transparente y con el
mismo pijama que tenía en las fotos. Al-
canzo a pensar si este aire húmedo y salado
me está ahogando y recorro sin desespero,
con una dirección y velocidad que no logró
determinar lo que entiendo el tiempo del
amor, el tiempo para el cual nunca tuvimos
una previsión distinta a enriquecerlo. Sé el
color azul pálido de las paredes del cuarto,
aplicado con escoba, cuyas huellas no han
desaparecido. Las manchas de las goteras
en el cielo raso de cartón. Los afiches que
pusiste: en la pared que da contra el lado
de las almohadas de la cama uno de Gueva-
ra; en la pared que está al lado de tu sueño
uno de la película de Alberto Duque, un
hombre vestido de blanco con un bastón
blanco al aire y sombrero blanco sin rostro;
detrás de la ventana que da al patio el mar
y el ave y el cielo y la nube de Magritte. Sin
preguntarlo aceptaba que son los motivos
de cada quien y que uno desde su orilla los
compartía sin saber nunca cuándo dejaban
de ser tuyos para ser nuestros, ni si ocurría,
como tampoco si en ello consistía el ha-
llazgo de esa huidiza y última armonía que
mete a un ser en el otro para siempre. Lo
acepté sin dudas en estos meses que viaja-
bas con frecuencia a Medellín y Bucara-
manga y me dejabas indicaciones con direcciones indirectas donde encontrarte. Al llegar del periódico, después de comer en el
restaurante de los chinos un invariable arroz

oriental y sentarme en los escaños del parque que tiene la estatua de Simón Bolívar, a dos cuadras del periódico, para dejar que pasara la comida, fumarme un cigarrillo, escuchar el ruido del agua de la fuente y pensar en los relatos que quería escribir y sentado en la mesa que está contra la ventana, dejando de mirar la oscuridad del patio, volvía el rostro hacia el azul de Magritte y recordaba que no habíamos hablado mucho de Magritte, que yo me alegré el mediodía que encontré el afiche y conjeturaba sobre esa manera no sé si lateral pero tal vez muy fresca, muy tuya de adherirte a lo que yo soñaba mi mundo, mi bajar subiendo. Curiosamente ese afiche no me recordaba sino que te recordaba y pensaba cartas que cuando decidía escribírtelas ya venías de vuelta. Ahora que no quiero abrir los ojos sé que estarán allí hasta que se borren como las hojas dentro de los libros, hasta esa transparencia quebradiza que los libera de cualquier recuerdo, de cualquier referencia distinta a ser un acercamiento a un cuadro colgado en Bélgica, a un film de un novelista que cuenta películas, a un rostro de un poeta que renovó la ilusión.

10

José Raquel es negro. Tiene las cejas delgadas y cortas y los hombros caídos. Resueltas las peticiones de los trabajadores del muelle lo mandaron a llamar de la capital para integrarse a la directiva de una organización de todos los obreros del país. Antes de viajar reunió a los del muelle, se despidió y les prometió que desde allá seguiría la lucha. El viaja por el mundo y sale en los periódicos. Ya no se amarra un trapo de franela para el sudor en la cabeza y cada vez toca menos el saxo. El aún no ha dicho que quiere ser presidente.

11

Ese amanecer húmedo. Mantener los ojos cerrados, abiertos a una visión que se obstina en reconstruir, en apuntar los momentos de una historia que corre al olvido o a los papeles que escribiré después que entienda que la clave de toda alegría estaba en inventar e inventarnos sin concesiones, que comenzamos a desaparecer cuando la invención cede y queda la tristeza de no haberte fundado de no haberme transformado y al revés. Siento cómo te deslizas después de dejar la humedad tibia de tu aliento contra mi cuello hasta levantarte y te imagino caminando desnuda hacia el escaparate donde observas la ropa que vas a ponerte y no me preguntas qué me pongo hoy. Pienso que no hay nada que agregar ahora y que sería una vuelta inútil decirnos el sin sentido de las palabras que nadie entiende, perdonarnos la ofensa que no existe, conceder a una esperanza que sabemos ya no será tuya ya no será mía.

En el radio anuncian que el entierro será mañana y que asistirán representantes del gobierno y de los sindicatos. Te has sentado al borde de la cama para ponerte las sandalias de fique. Tendrás la camisa de cuadros naranja abierta a la altura de los pechos y una pañoleta grande, al cuello, de seda china. Prefiero sentir que no hay dudas en tus movimientos que no hay resentimiento en la decisión y que sencillamente es así y eso nos distancia o nos muestra que la distancia estaba y es insalvable. No sé si es una obscena forma del consuelo pero creo que el tiempo que compartimos nos permitió existir buscándonos sin trampas. Y sé que voy a escribir, venciendo el temor de que la literatura sea una sustitución, escribir de este barrio plateado de luna que tiene cantantes y mecánicos y arregladores de bicicletas y a donde llegaron dos seres que querían pintar de rosado el cielo y después se jodieron.

12

José Raquel era negro. Tiene los ojos cerrados y no sueña. Estuvo en cautiverio durante varios días pero no en la cárcel de San Diego. Lo encerraron en una cárcel sin dirección desde la cual mandaba cartas a sus familiares y hacía análisis sobre la traición. Fue sometido a un proceso popular en el cual los muelleros de la machina votaron porque lo ajusticiaran. No se supo que en esa cárcel tocara el saxofón. En la última carta escribió: Querida: me han dicho que me van a matar pronto. Te beso por última vez. Besa a los niños. Lo encontraron ya muerto en el parque que está frente a la cárcel de San Diego envuelto en una bolsa de plástico. Estaba tibio y como dormido. Debajo de la tetilla izquierda tenía un hueco pequeño y ennegrecido en los bordes.

13

La humedad se va disolviendo en la transparencia del día. Escucho el rozar de la puerta contra el piso. Tus pasos en el zaguán. Espero en vano el ruido de la puerta de la calle. Me doy vuelta en la cama y aún está tu calor en la sábana. Abro los ojos y la claridad se ha regado por el cuarto. Siento cansancio y ningunas ganas de ir al periódico. Tal vez tengo todos los hilos para el reportaje del año. La mujer misteriosa que engaña al secuestrado, su vida desde que era cargador de bultos en el muelle.

Pero no me importa, que lo haga Olaciregui, un periodista nuevo que se vino de Barranquilla.

Hay algo que no te dije, por pudor tal vez, y es que yo no entiendo una militancia que no sirve para que la gente se encuentre y mejor que no nos dijimos lo de la violencia. Yo tengo la ilusión de que hay que alegrarse y joderse juntos y que así empieza lo colectivo.

Pero escribo para que estés como Aracely primera en todas las paredes de este barrio.

Al levantarme descubro que en la nube que está dentro del ala que está en el ave que está encima del mar que está dentro del cuadro dejaste escrito: te quiero mucho. No puedo evitarlo y es cursi: con mi lápiz verde le pinto alrededor un corazón.